VICTORY NOVELS

# 二大巨艦出撃

## ヤマトに賭けた男たち 2

遥 士伸

電波社

この作品はフィクションであり、登場する国家、団体、人物などは、
現実の国家、団体、人物とは一切関係ありません。

# ヤマトに賭けた男たち(2)

——もくじ

# 第一章　日米激突・マーシャル沖

一九四一年一二月一八日　日本近海

戦艦『日向《ひゅうが》』は第二戦隊の殿《しんがり》として、九州と四国を隔てる豊後水道を南下していた。

アメリカ太平洋艦隊の来寇に備えて、この日、連合艦隊は内地を出撃、いったんカロリン諸島東端のトラック環礁に入って、燃料と食料などを補給した後、会敵が予想されるマーシャル諸島へ向かうのである。

（来たな。聞いていたとおりだ）

戦艦『日向』艦長松田千秋《まつだちあき》大佐は、目を細めた。自分たちの進行方向から、逆に北上してくる艦が来る。

その艦容があらわになるにつれて、艦内がざわついてくる。

それも、そのはずだった。

近づいてくる艦は、あまりに異質な艦だった。

まず、艦幅が異様なほどに広い。主砲塔を据えた左右に、さらに砲塔を置くほどの余裕がある。

事実、副砲塔らしきものが一基ずつ見える。

主砲は遠くからでも大きいことがわかり、戦艦を思わせるが、日本戦艦にはなかった三連装砲塔となっている。

それらと並んで目立つのが、すらりとした艦橋構造物である。改装を重ねて出入りの激しい複雑な多層構造となった『日向』ら、従来の戦艦とは明らかに異なる。優雅にうねる最上甲板のラインと合わせて、極めて近代的で美しく、そして力強くも見える艦容を形成している。

艦の中央に各種上構を集中させて、弓なりに長く突きだす艦首や、一本にまとめられた後傾斜した煙突、三本に束ねられたメインマストなどはまさに洗練された様相であって、六基もの主砲塔を艦の前から後ろまで散りばめている『日向』は、いかにも古めかしく見えた。

旧来の枠にとうてい収まらない圧倒的な存在感を見せつける艦——戦艦『大和《やまと》』の登場だった。

その基本構想策定に中心的役割を果たした松田から見れば、『大和』は子供のような存在だったが、それ以上に今は、一日も早く戦列に加わってほしいと欲する期待の新戦力だった。

四月の南シナ海海戦でイギリス東洋艦隊を退《しりぞ》けた連合艦隊だったが、その傷がいえぬままに、最大の敵であるアメリカ太平洋艦隊との決戦を強いられる羽目になった。

大和型戦艦は一番艦『大和』が竣工にこぎつけたものの、二番艦『武蔵』、そして三、四番艦の完成はまだ先である。

『大和』にしても、乗組員が艦に習熟するための慣熟訓練が終わるまでは、実戦には投入できない。

未曽有の巨艦となれば、これまで以上にその期間を要すると考えねばならない。

開戦間近とみて、建造期間を短く、戦力化を早くと計画した大和型戦艦だったが、結局は緒戦にその雄姿を見せることは叶わなかったのである。

「『大和』より発光信号。『武運長久を祈る』」

松田はうなずいた。

「『大和』へ返信。『敢闘を約束す。貴艦の早期戦力化を願う』」

　松田の本音だった。

　連合艦隊はただでさえ戦力的に劣勢だったうえに、南シナ海で戦艦『扶桑《ふそう》』を失い、旗艦『長門《ながと》』もまた、長期離脱を余儀なくされている。

　この状態で世界最強を謳われるアメリカ太平洋艦隊と雌雄を決するというのは無理がある。

　今回に限っては、松田は勝つことよりも、負けない戦いをすること、撃沈破しようというのではなく、時間稼ぎの戦いをするべきだと考えていた。

　第二戦隊は速力を上げた。艦首に立つ白波が高まり、特徴的な艦影の『大和』とすれ違う。基準排水量三万六〇〇〇トンの『日向』も、けっして小さい艦ではないのだが、乾舷の高さ、艦橋、主砲塔……規模が違いすぎて、巡洋艦にしか見えないほどだ。


「今は耐えどきだ」

　松田はつぶやいた。

　今は敵の侵攻を食いとめるか、最悪遅らせるだけでもいい。戦力もできるだけ温存し、勝負は……あれらが加わってからだ！

　その瞬間、松田の双眸が殺気をはらんで閃いた。

　戦争は始まったが、雌雄を決するときは今ではない。

　大和型戦艦が戦列に加わってからが、本当の勝負である。

（乾坤一擲の戦いは、そのときだ）

　松田にとって、大和型戦艦に賭ける思いは人一倍強かった。

　そして、『大和』の研究課程で確立した、超絶的火力で敵を圧倒する、より遠くからより強力な砲弾を叩き込んで敵を寄せつけない、八面六臂の活躍を期待できる戦艦を建造するという思想は、固い信念となって松田の胸中深くに根づき、けっして曲がることはなかったのである。

一九四一年一二月二三日　中部太平洋

艦隊外縁部で駆逐艦がせわしなく動きだした。

「またか」

戦艦『アリゾナ』艦長フランクリン・ヴァルケンバーグ大佐は、露骨に顔をしかめた。

なにが起きたかは聞くまでもない。

潜水艦の襲来である。

日没はとっくに過ぎ、海上が夜の闇という天然の黒幕に覆われたのを見はからって、敵潜が寄ってきたのだ。

ハワイ・オアフ島のパールハーバーから出撃してきたアメリカ太平洋艦隊にとって、さし迫った脅威は、まず敵潜水艦の襲撃だった。

おそらく日本軍は、開戦前から多数の潜水艦を太平洋上に放って、こちらの動向に日々昼夜探りをいれていたのだろう。

出撃して数時間と経たないうちに、第一波がパールハーバー湾口で訪れた。

さすがにこれは敵としては無謀であって、たちまち哨戒機と駆逐艦の集中攻撃によって退けられたが、その後もマーシャル方面へ向かって南西に針路を採る自分たちに対して、敵潜水艦は入れ代わり立ち代わり現れては雷撃を仕掛けてきた。

しつこいというか執念深いというか。日本海軍などさして恐れるほどの敵ではない。我々が本気を見せれば、尻尾を巻いて逃げるはずだ。と、蔑む将官も一人や二人ではなかったが、敵は行動でそうではないことを示したのである。

「幾度となく海面付近で不審な電波がキャッチされています。敵潜から発せられたものでしょう」

通信長ジャメル・ヘリング大尉が報告した。

「潜水艦戦術に長け、潜水艦を多数保有するドイツ海軍は、敵を発見すると無線で僚艦を呼びよせて、共同攻撃をかけるウルフ・パック——群狼作戦が得意と聞きます。日本海軍が盟友であるドイツ海軍に倣って、同じ戦術を採ろうとするのは自然なことでしょう。

ただ、まとまって同時攻撃をかけてこないぶん、戦術的には未熟で、我々には都合がいいと言えます」

「一隻ずつ現れれば、各個撃破されるのも当然だからな。功を焦っているのか？」

ヴァルケンバーグは首をかしげた。


これまでに沈めた敵潜水艦は、もういくつだったろうか。少なくとも四、五隻という数ではない。

それに引きかえ、こちらが被った損害は駆逐艦二隻が沈没したほかは、オマハ級軽巡洋艦『ローリー』が被雷して、ハワイへ引きかえしただけである。

敵から見れば、あきらかに割の合わない戦いとしか思えないのだが……。

それに、筋金入りの大艦巨砲主義者である太平洋艦隊司令長官ハズバンド・キンメル大将にしてみれば、戦艦が無傷であればそれでいい。ノー・プロブレム。そんなところだろう。

それに、自分たちはパーフェクトなコンディションと言えるのに対して、敵はイギリス艦隊と一会戦して傷ついている。

敵に一〇隻あった戦艦のうち、『フソウ』は南シナ海に沈み、『ナガト』『ムツ』もかなりの痛手を負ったとの情報が入っている。

二隻ともまだ実戦に戻ってこられないのではないか、というのが中央の予測らしい。

また、コンゴウ・タイプの四隻は速力優先の巡洋戦艦的な性格の戦艦であって、火力も弱いことがわかっている。

キンメル提督は、かの日本海海戦で当時世界最強だったロシア・バルチック艦隊相手に完勝して世界を驚かせた、日本海軍連合艦隊司令長官東郷平八郎大将を引きあいに出して、「トーゴーの後継者たちに完全勝利して、今度は自分たちが歴史に名を遺す番だ。日本艦隊などひとひねりにしてくれる」と、豪語していたが、それもあながち夢ではないかもしれないと、ヴァルケンバーグも思いはじめていた。

だが、戦争はそうそう甘くはなかった。

「雷跡、右一〇度。近い！」

「Ｗｈａｔ！」

静寂を破る見張り員の報告に、ヴァルケンバーグは跳ねあがるようにして立ちあがった。海面に目を落とすが、なにも見えない。

「……あれか？」

海面が一瞬揺らいだような気がしたが、そこまでだ。

雷跡を示す気泡など、どこにもない。

見張り員も魚雷を見失ったのか、その後の続報がない。

「Ｓｈｉｔ！」

ヴァルケンバーグは被雷を覚悟した。

強烈な衝撃と浸水、火災の発生、緊急事態を告げるブザーと傾きはじめる艦体……。

艦の保全を最優先に対処しなければならない。

ヴァルケンバーグは目をしばたたいた。

不思議となにも起こらない。被雷の轟音もなければ、舷側をこすって水柱が突きあがることもない。

部下たちも呆気にとられた様子で、きょろきょろと首を振ったり、顔を見あわせたりしている。

「……まずい！」

「艦長！」

切迫した表情で、ヘリングが振りかえった。

考えはヴァルケンバーグと同じだ。

後ろ。そうだ。敵潜の狙いは、この『アリゾナ』ではなかった。

『アリゾナ』の至近をすり抜けた魚雷は、外れたわけではなく……。

そこで、絶望的な轟音が海上に響きわたった。

(駄目だ)

ヴァルケンバーグは双眸を閉じて頭を振り、ヘリングは蒼白とした表情で頭を抱えた。

警告を発する間もなかった。

夜目にも白い水柱があがるのが、はっきりと見えた。その陰から、炎とおぼしき赤い光も垣間見える。

しかも、一本にとどまらず、やや置いて、炎をかき消すかのように二本めの水柱が突きたつ。

まるで反響したかのように、再び轟音が湧き、それは夜気を鷲掴みにするようにして、殷々と海上に拡散していく。

被雷したのは、コロラド級戦艦一番艦の『コロラド』だった。

『コロラド』は錚々《そうそう》たる艦を集めた、この艦隊のなかでも、最大の艦であって、それだけ目立つ。

敵にとっては大物食いを狙うと同時に、夜間においても視認しやすい格好の目標だったのだろう。

「むう」

ヴァルケンバーグはうめいた。

この状況でよく『コロラド』に二本も魚雷を当てたと思う。不謹慎かもしれないが、これは驚きと賞賛に値するものだ。

視界が限られた夜間において、なおかつ厳重な駆逐艦の警戒網をかいくぐって雷撃を成功させる技量と度胸は並大抵のものではない。

敵ながらあっぱれというほかない。

被雷の状況から見て、命中二本は二隻の潜水艦から別々に放たれたものと考えるよりは、単独の潜水艦から放たれた可能性が高い。

また、ほかに被雷した艦がないことから、遠距離から多数放たれた魚雷が、なかば偶然に近い形で、『コロラド』に命中したとも考えにくい。

敵はたしかに『コロラド』を狙って、まんまと魚雷を命中させることに成功したのだ。

もっとも、ここまでの戦果を挙げるには、敵もかなりの無理を強いられたはずだ。つまり、自分たち艦隊の中心まで入り込んで近距離から雷撃しない限り、こうはできないだろう。

だとすれば……。

やはり、報復はすぐに始まった。駆逐艦のソナーが、敵潜をキャッチしたのだ。

「よくもやってくれたな」とばかりに、駆逐艦がよってたかって、爆雷を夜の海面に放り込んでいく。

恐らく一隻の敵潜に対して、二個駆逐隊七隻から八隻の駆逐艦が「これでもか!」と爆雷を投射する様は、復讐鬼のようだった。

「あれではな」

とうてい逃れることはできまいと、ヴァルケンバーグは思ったが、その一方で敵の胸中にあるのは恐怖や失望ではなく、すがすがしいまでの達成感ではないかと感じた。

敵は攻撃を決意したときから、こうなることは織り込み済みだったのではないかと。

日本人の精神性は、アメリカ人には甚だ理解できないものと聞いている。

君主への忠誠心や義理は、なににも優る最重要なものなのだと。そのため、忠義を尽くすことに対して、命を投げだすことも厭わない。

それは、軍人においては任務完遂のため、目的達成のためならば、己の命などすすんで差しだすということになるのだ。

その死を美徳とさえ考える精神性ならば、初めから撃沈されるのは承知のうえで、攻撃に踏みきるのにも躊躇はなかったであろう。

そして、『コロラド』ほどの大型艦を道連れにできたとなれば、十分満足できる戦果となったのではないか。

「一筋縄ではいかない敵かもしれん」

ヴァルケンバーグは認識をあらためた。

敵は常に決死の覚悟でくる。敗色濃厚となっても、そこで逃げだすような相手ではない。それこそ、命尽きるまで執拗に食らいついてくる注意すべき相手なのだと、ヴァルケンバーグは警戒を強めた。

ヴァルケンバーグは西の彼方を睨みつけた。

今、この間にも敵艦隊は自分たちを撃退すべく、向かってきているはずだった。

一九四一年一二月二五日　中部太平洋

日本海軍連合艦隊が会敵予想海域まで踏み込ん

だのは、一二月二五日の夕刻近くのことだった。

敵がまっさきに襲うであろうマーシャル諸島のクェゼリン環礁への到着は、敵に遅れること一日。先まわりすることは叶わなかった。

開戦から出撃まで、敵に主導されている一方、連合艦隊は南シナ海海戦での損傷修理もままならず、おっとり刀での出撃を強いられたためである。

潜水戦隊が五月雨式に攻撃を仕掛けて、敵の進撃を遅らせたが、わずかにおよばなかったといえる。

「待たせたな」

戦艦『陸奥《むつ》』砲術長永橋為茂《ながはしためしげ》中佐は、クェゼリンの守備隊将兵に向けて、つぶやいた。

間に合わなかったと肩を落とすのではなく、手遅れになる前でよかったと考え、永橋は前を向いた。

沖合に現れた敵艦隊によって、クェゼリンの日本軍基地は昨日、猛烈な艦砲射撃に晒された。

クェゼリンの守備隊も魚雷艇による奇襲や、空襲で決死の反撃を試みたが、強大な敵太平洋艦隊に対しては、まさに焼け石に水にすぎなかった。

クェゼリンの基地機能はわずか一日で失われた。

元々南洋の礁湖内の島は兵站で隠れる場所など皆無に等しく、攻めるにやすし、守るにがたし、だったのである。

明日は残存の陸上兵力を排除すべく、絨毯爆撃ならぬ絨毯砲撃によって、守備隊は一掃される。あるいは敵が上陸作戦を敢行してきて、絶望的な至近戦闘が展開される。

どのみち、自分たちの命はあと一日もないと、守備隊の将兵は覚悟していたことだろう。

だが、連合艦隊はからくも、そこに滑り込んできた。

今、連合艦隊と敵艦隊とは、クェゼリン環礁を挟んで、東西に位置している。

幸い、地の利は自分たちにある。

敵もこちらが急行していることくらいは、潜水艦かなにかからの通報で知っていることだろうが、自分たちはクェゼリンの守備隊から敵の戦力と位置についての詳細情報を得ている。

だから、ここは慌てて突進していかずに、確実に夜戦とするように間合いをはかっているのだ。

夜戦を選ぶ理由はふたつある。

ひとつは日本海軍が夜戦を十八番としてきたためだ。日清戦争での威海衛の戦いでも、日露戦争での旅順口攻撃でも、日本海軍は暗視能力に優れた見張り員を擁して、確実に勝利を収めてきた。

日本海軍は夜戦に絶対的な自信を持ってきたのである。

もうひとつは、戦力的な劣勢にあるからだ。ハワイを出撃してきた敵戦艦は九隻で、そのうち一隻を途上で潜水艦が葬ったので、残りは八隻。自分たちの戦艦は八隻。隻数は同等ながらも、四〇センチクラスの大口径砲搭載艦でみると、一対三あるいは一対二と圧倒されている。

火力では、敵は数段上と見ねばならない。その敵に対して、まともに昼戦であたっては分が悪い。夜戦に持ち込んで、射撃精度を下げたり、雷撃に活路を見出したりして、勝機を探ろうというのが、連合艦隊司令部の考えだった。

永橋は両頬を平手で叩いた。

『長門』がいないぶん、永橋が砲術の指揮を執る『陸奥』が連合艦隊旗艦の要職にある。

つまり、『陸奥』は全軍の期待を背負って、先陣を切って戦うことが求められるわけだ。

ただ、永橋には過度な緊張や気負いはいっさいなかった。

「さて、始めるか」と、あくまで平常心で大きく構えて待つ永橋だったのである。

豪放磊落な永橋と違って、戦艦『日向』艦長松田千秋大佐は、ため息混じりに低くうなっていた。苛立ちで自然に床を踏みならしてしまう。

戦術的に、松田には不満があった。

戦艦の火力で劣勢なのはわかりきっていることなので、この海戦に自分たちが勝つためには、無理に砲撃で優位に立とうとせずに、雷撃に賭けるべきだ。

いわば、雷主砲従である。

幸い、自分たちには必殺の酸素魚雷があるため、雷撃力では大きく敵を凌ぐ。

戦艦ほどの大艦であっても、魚雷を命中させさえすれば、沈めることは造作もないことである。

だが、魚雷を必中させるためには、目標にできるだけ近づく必要がある。

酸素魚雷は威力だけではなく、その長射程も魅力だが、大遠距離からの雷撃など、そうそう当たるものではない。

視界の利かない夜間となれば、なおさらだ。

そこに至るまでには、敵の猛烈な反撃が予想される。駆逐艦の雷装は強力だが、反面防御力などなきに等しい。

雷撃前に沈められては、元も子もない。

そこで、松田は第三戦隊の金剛《こんごう》型戦艦四隻を水雷戦隊の前衛として盾にするよう具申した。

金剛型戦艦は三五・六センチ砲八門と、戦艦としては火力が弱いが、相手が中小艦艇となれば話は違ってくる。

近代化改装によって獲得した三〇ノットの快速は、こうした場面でこそ真価を発揮するはずだ。これは第三戦隊にとっても、水雷戦隊にとっても、互いを生かす最適な策に違いない。

「これはいい。いける！」

自画自賛するほどの、会心の案だった。

もちろん、一介の戦艦艦長にすぎない松田が、艦隊行動に注文をつけるなど、越権行為でしかないのだが、それはあっさりと戦隊司令部に却下された。

これも、南シナ海海戦に続いて、二度めだ。

しかも、南シナ海海戦は、結果として苦戦を強いられ、『扶桑』を喪失し、『長門』もまた深い傷を負って戦線復帰できていない。

「またか」という思いを松田が抱くのも、無理からぬことだった。

しかし、今の松田には、それを覆す権限などない。唇を噛みながらも、『日向』艦長として全力を尽くす以外にないというのが、松田の置かれた現状だった。

一九四一年一二月二五日　瀬戸内海・柱島泊地

日本海軍連合艦隊の母港である呉港外の柱島泊地は閑散としていた。

一線級の艦艇はほぼ出はらっており、わずかに残っているのは輸送船や電纜《でんらん》施設艇などの特殊船くらいである。

そのなかに、戦艦『大和』の圧倒的な威容があるのは、いかにも異質で不自然だった。

見上げんばかりの主砲塔と、太く長い三連装の砲身は、暗がりのなかでも抜群の存在感を示し、丈高い筒状の艦橋構造物と、弓なりに大きく前方に突きだした艦首は、うっすらと月光を反射している。いずれも、従来の日本戦艦にはなかった力強さと美しさを兼ねそなえた姿だった。

全長五・五メートル、重量一五トンの主錨が投げ込まれた海は嘘のように静まりかえり、凪いだ海面には月がくっきりと映しだされている。

「もう始まっているのかな」

『大和』艦長高柳儀八《たかやなぎのりはち》大佐が、ぽつりとつぶやいた。

季節は冬。夜は長い。現在時刻は午後の八時をまわったが、まだまだ序の口というところだ。

だが、日本から遠く離れたマーシャル諸島は違う。三時間の時差がある現地は、すでに深夜の時間帯に入っている。

「決戦」が今夜あたりにありそうだと聞いていた身としては、正直落ちつかなかった。

「これだけの艦ができているのに、戦列に加われずに後方待機とは無念なことだな」

『大和』は竣工して間もないため、乗組員が艦の扱いに習熟しておらず、前線に出られるようになるのは、まだ先の話だった。

重巡『那智《なち》』砲術長、軽巡『龍田《たつた》』艦長、戦艦『伊勢《いせ》』艦長などを歴任してきた海の武人たる高柳としては、世界最大最強の戦艦を預かりながら、決戦に加われないことが、歯がゆくてならなかった。

しかし、副長兼砲術長黛治夫《まゆずみはるお》中佐の感覚は違った。

「たしかに、これだけの艦を遊ばせておくのは惜しいと思われるのも、もっともかもしれません。しかし、しゃしゃりでて役に立たないのでは、それこそ味方の迷惑になるだけです」

「意外だな」

高柳は驚きと笑いが混じった表情を見せた。

高柳からすれば、鉄砲屋のなかの鉄砲屋である黛ならば、「自慢の主砲で敵戦艦など木端微塵に粉砕してみせたものを」などと、いかにも悔しいと身体全体で表現するものと思っていた。

だが、普段の勇ましい言動から、猪突猛進と思われがちな黛だったが、実は基本に忠実で期待値優先で行動するような男ではなかった。

「本艦は残念ながら、まだ戦える艦とはなってありません」

黛は自分の艦と部下の力量について、過大評価することなく、冷静に実力不足を認めていた。

この状態で無理に前線に出ていっては、それこそ敵の格好の的になるだけだ。ろくに戦えもせずに艦を傷つけてしまっては、この艦の建造に携わったすべての人に申し訳ない。

『大和』の全力を出しきること、『大和』を最大限有効に活用すること、世界最大最強の砲の威力を遺憾なく発揮して、敵戦艦をまとめて沈めてみせること、その責任が自分にはあるのだと、黛は自覚していた。

「たしかに、決戦に参加できないのは自分も残念です。しかしながら、ここでの借りは必ず倍、いや三倍にして返してみせましょう」

黛は力強く言いきった。

一九四一年一二月二五日　中部太平洋

出しぬけに闇が引きさかれた。

観測機が投下した吊光弾の光が、決戦の幕開けを告げたのだった。

「いたか。いや、向こうも待ちかまえていたというべきか」

次々とあぶりだされた敵戦艦の魁偉な姿に、戦艦『陸奥』砲術長永橋為茂中佐はうなった。

鋼鉄を編んだような籠マスト、いかにも頑丈そうな三脚檣、背負い式の三連装主砲塔……いずれもアメリカの戦艦が特徴とするものだ。

いつか戦わねばならないと思っていた相手が、ついに主砲を振りかざして敵意むきだしに現れたのである。

実は決戦に臨むにあたって、連合艦隊司令部にはひとつ懸念点があった。それは、夜戦を狙って突進した自分たちが、肩透かしを食らわないかという心配である。

敵が夜戦を嫌って一時退避したり、単純に敵を捕捉しそこねて、夜どおしさまよったりしては問題だ。

自分たちは勝機を広げるために、夜間のうちに決着をつけたい。それが叶わなければ、不利な昼戦を強いられる。

しかし、敵は逃げも隠れもしなかった。向かってこいと構えていた。

敵将――アメリカ太平洋艦隊司令長官ハズバンド・キンメル大将も大艦巨砲主義者であって、奇をてらわずに正攻法で、堂々自分たちを寄りきるつもりなのだろう。

「その心意気、買った！」

戦争という場ではあるが、同じ鉄砲屋どうしでの、どちらが優れるかの勝負だと、一種サムライどうしの果たしあい、あるいは騎士どうしの一騎打ちの感覚で、永橋らは砲戦になだれ込もうとしていた。

この夜、誰よりも早く発砲したのは、射程の長い戦艦『陸奥』でも、突撃していった第一水雷戦隊の旗艦『阿武隈《あぶくま》』でもなく、第七戦隊の三番艦である重巡『熊野《くまの》』だった。

それもそのはず、艦長は「キャノン・イノグチ」こと猪口敏平《いのぐちとしひら》大佐である。この砲術に関しては一家言ある猪口が、ほかに埋もれているはずがなかった。

「砲術長。遠慮はいらんぞ。派手にぶちかませ。思う存分、撃ってかまわん」

第七戦隊は敵戦艦への雷撃を狙って突撃した一水戦を援護すべく、前衛を買ってでたのである。求められる役割は、阻止に出てくるであろう敵中小艦艇の排除である。

砲力でそれを蹴散らして、針路を啓開する。そのうえで、あわよくば自らも雷撃で敵戦艦を脅かすことができれば最高だった。

猪口は強気に出た。

精度が落ちる夜間射撃では、どうしても敵を引きつけて必中を狙いたくなるが、猪口は視認できた目標は遠距離でもかまわず撃てと命じた。

しかも、初発からの全力射撃ときたから、敵どころか味方の度肝をも抜いたのは間違いない。

「撃《て》っ」

その実行者として、方位盤射手三矢駿作《みつやしゆんさく》兵曹長は、淡々と射撃を繰りかえしていた。二重瞼の大きな目をしっかりと見開いて、目標を見据えつつ引き金を絞る。

冷静に見える三矢だったが、秘めた炎は熱かった。三矢の夢は、日本海軍一の射手となることである。

軍務精励、研究熱心——三矢を端的に表現すればそうなる。

「命中！」

『熊野』の命中弾によって、円柱状の艦橋構造物が一瞬にして潰れ、敵駆逐艦が沈没しはじめた。『熊野』の二〇・三センチ砲は戦艦の大口径砲ほどではないものの、駆逐艦にとっては大変な脅威である。ブリキ艦とも評される、装甲などないに等しい駆逐艦ならば、たやすく沈めるだけの威力がある。それが、戦艦に次ぐ重巡という艦種なのであった。

目標を変えて、次の射撃に移る。

五〇口径三年式二号二〇・三センチ砲が轟然と吼え、重量一二六キログラムの徹甲弾が初速八三五キロメートル毎秒で飛びだしていく。

命中弾こそなかったが、至近に出現した高い水柱に驚いて、敵駆逐艦は慌てて遁走していく。

（これか）

三矢は艦長の意図を悟った。

たしかに、射撃で敵艦を沈められれば一番いいが、艦長が命じたのは「下手な鉄砲、数撃ちゃ当たる」の策ではなかった。

ここは敵艦を沈められなくても、一水戦に近寄らせさえしなければいい。

あくまで自分たちの役割は、一水戦の針路を確保することなのである。

敵駆逐艦が相手ならば、重巡でも砲力で圧倒できる。威嚇して追いはらってさえしてしまえば、当座の目的は果たされる。

砲撃は敵を沈めるだけがすべてではない。ときと場合によって、求められる役割も異なる。

やってみればすぐわかることだが、それを攻撃前に即座に判断して躊躇なく艦長は指示を出された。

いかに優れた砲術理論をもっていても、一撃必中と撃沈にこだわっていては一流の鉄砲屋とは言えない。

的確な状況判断と戦術指示によって、砲撃で最大の効果を得る者こそが、真の鉄砲屋と言える。

艦長はまさにそうだった。

「さすがです」

艦長への信頼は揺るぎなかったが、三矢はあらためてそう感じた。

『熊野』は続けて撃つ。

第七戦隊の僚艦『最上《もがみ》』『三隈《みくま》』『鈴谷《すずや》』も、さらに後続の一水戦旗艦『阿武隈』と一六隻の駆逐艦も撃ちまくる。

橙色の閃光が随所で弾け、炎の赤い光が入れ代わり立ち代わり闇を焦がす。

一発一発でみれば、砲声も威力も小さい中小口径砲だが、これだけの数が揃うと、違った意味での迫力が出る。

砲声は息をもつかせぬ小太鼓の連打を思わせ、殺到する砲弾は小型肉食魚の群れのようだった。

それにたかられた敵軽巡や駆逐艦が、方々を食いちぎられて没していく。

もちろん、それで諦める敵ではない。

時折混じる星弾が、新たな艦影を闇のなかから引きずりだす。

大きく、かつ前後に太い三脚檣が見えたことから、ペンシルベニア級かネバダ級の戦艦かと一瞬思うが、そうではない。

ポートランド級の重巡である。

『熊野』ら最上型重巡からすれば、これ以上ないライバルの登場だったが、艦長にも第七戦隊司令部にも、かまうそぶりは一切ない。より近くで、脅威度の高い敵が優先だ。

機関は一五万二〇〇〇馬力の最大出力で回りつ

づけ、四軸のスクリュー・プロペラが内南洋の海水を思いきり蹴りだす。

鋭い艦首は漆黒の海面をきれいに切りさき、全長二〇〇・六メートル、全幅二〇・二メートル、基準排水量一万二〇〇〇トンの艦体は左右に白い舷側波を広げながら、最大戦速の三五ノットで突っぱしる。

「ライバルと決着をつけたいのはやまやまだが、今は貴様にかまっている暇はないのでな」という艦長の声が聞こえたような気がした。

「目標、左舷前方のオマハ級軽巡」

「用意よし」

「撃え！」

反航戦なので、あっという間に距離が詰まる。前方遠くにいた敵が横へ、そして後ろへすり抜けていく。

「撃え！」

「命中！」

（よしっ！）

目標艦上に咲いた炎の花に、三矢は胸中で拳を握った。

最大戦速で反航しながらの砲撃は、難易度が高い。相対的に目標が高速で動くために、狙いが極めてつけづらいためだ。

しかし、三矢らはそれを克服してみせた。すれ違いざまに、見事目標に二〇・三センチ弾を見舞ってみせたのである。

しかも、そこそこの有効弾だったらしく、やや遅れて爆発の火球と、その炎を背景に大小無数の破片が飛びちるのがはっきりと見えた。

『熊野』の一撃は、恐らく目標の主砲塔一基を潰したのであろう。

それに歓喜している間もなく、敵の二番艦、三番艦が迫ってくる。

敵が引きかえす様子はない。第七戦隊の後ろには、雷撃の本命ともいえる一水戦がいる。

敵もそれをわかっているのだ。


敵戦艦への雷撃を狙って、第七戦隊と第一水雷戦隊とが突進している間に、戦艦どうしの砲戦は始まっていた。

「第三射、弾着。命中なし。続けて第四射」

「まあ、いいさ」

朗報ではなかったが、戦艦『アリゾナ』艦長フランクリン・ヴァルケンバーグ大佐は落ちついていた。

『アリゾナ』ら太平洋艦隊の戦艦と敵戦艦とは、互いに敵に向かって走りだして、砲戦に入った。

つまり、全速で敵を求めて、そのまま反航戦で撃ちあっているのである。

相対速度は四〇ノット台後半と速く、しかも投影面積の小さい正面が的となれば、そうそう簡単に当てられるものではない。

しかも、照準をつけるのが難しい夜間となれば、なおさらである。

こうした条件をしっかりと理解しているからこそ、ヴァルケンバーグには焦りも不安もなかった。

それでも、七射、八射と繰りかえせば、命中させられる自信はあったが、その機会がないこともヴァルケンバーグは理解していた。

太平洋艦隊司令部は敵主力との決戦において、あらかじめひとつの戦術的奇策を用意していた。

奇策と言えば、聞こえは悪い。順当な策がうまくいっていないがために、苦しまぎれに繰りだす策と捉えられることが多い。

当然、あまりいいイメージではない。

むしろ、自分を見失って、本来の力すら出せずに右往左往した挙句に自滅する。

そんなことも多いのもたしかだ。

だが、ここでの奇策は違う。彼我の性能、力量、環境などの条件を十分分析したうえで決定した策である。

それが通常の、悪く言えば「ありがちな」策でないから、「奇策」と呼んだまでのことだ。

「旗艦より命令」

(来た)

ヴァルケンバーグは顔を跳ねあげた。

この海戦のターニング・ポイントとなるかもしれない要所である。ここで、自分たちが仕掛ける。

(砲戦の主導権を握るのは、我々だ！)


「一斉回頭。発動、今。回頭終了次第、同航戦で砲撃開始。敵一番艦から並行する艦を各個目標として撃破せよ」

「反転、一八〇度！」

そう、太平洋艦隊司令部はここであえて艦隊序列を逆にした。

太平洋艦隊司令長官ハズバンド・キンメル大将は、司令部施設が充実しているという理由で、将旗をペンシルベニア級戦艦の一番艦『ペンシルベニア』に掲げて陣頭指揮を執っている。

『ペンシルベニア』もけっして、攻防性能が劣悪な戦艦ではないが、一六インチ砲を搭載する敵旗艦とやりあうのはいささか分が悪い。自分たちにはそれに対抗できる艦がほかにある。

一六インチ砲搭載戦艦には一六インチ砲搭載戦艦をぶつけるのがセオリーだ。

その一六インチ砲搭載戦艦を艦隊の最後尾にあらかじめ配置して、一斉回頭によって砲力の劣勢を覆す。

これは同時に、速力で優位に立つ敵から、砲戦の主導権を奪いかえす意味もある。なんの工夫もない動きでは、速力に優る敵が優位な射撃位置につくことができるのは自明の理だからだ。最悪は、頭を押さえられて、集中砲火を浴びて各個撃破されかねない。

それを反航戦に応じると見せかけて、一斉回頭しての奇策に出た。

敵はさぞかし驚いたことだろう。

少なくとも、しばらくは自分たちのペースで砲戦を進められる。

一斉回頭の結果、太平洋艦隊の戦艦八隻は先頭から『ウェストバージニア』『メリーランド』『オクラホマ』『ネバダ』『カリフォルニア』『テネシー』『アリゾナ』『ペンシルベニア』の序列となる。

向かいあう敵戦艦に対して、それぞれ同等かそれ以上の火力となっているはずだ。

「回頭完了。針路固定」

「オーケイ」

ヴァルケンバーグは満足げに口元を震わせた。

「目標、敵七番艦。ファイア！」

『アリゾナ』は敵コンゴウ・タイプと思われる戦艦めがけて、砲撃を再開した。

火力も弱く、装甲が薄いと思われるコンゴウ・タイプなど、取るに足らない相手だ。さっさと片づけて、二隻め三隻めを狙う。

すでにヴァルケンバーグの胸中には、断末魔の悲鳴をあげながら沈みゆく目標の姿があった。

意表を衝かれたという思いが、正直にあった。

「さすがに敵将も考えたな」

戦艦『日向』艦長松田千秋大佐にとっても、敵の動きは意外だった。

艦隊の序列を敵はいきなり逆にした。

しかし、それは単なる思いつきではない。

火力の高いコロラド級戦艦を最後尾にしていたところから、あらかじめ計画していた作戦だったとみていい。

しかも、発動のタイミングがまた絶妙だった。

敵はこちらが追いつきにくく、かつ、はぐらかしにくい相対位置で、一斉回頭を敢行した。それによって、洋上を走りまわって敵を翻弄するつもりだったこちらの思惑は、封じられたのである。

下手に動きまわっては、敵に一方的に撃たれて、各個撃破される危険が大きくなると判断した連合艦隊司令部は、このまま同航戦に応じると決めたようだ。

(自分ならば)

松田は自分が指揮官だったらと考えた。

まず、大前提として、敵の術中にはまらないことを考える。

奇策には奇策で応じる。

やはり、高速力に秀でた第三戦隊の金剛型戦艦四隻を分離して、敵旗艦に集中射を浴びせる。

中枢を叩きつぶしてしまえば、指揮系統を失った敵は必ず弱体化する。そこで、いっきに畳みかける。

もっとも、この策も問題がないわけではない。

第三戦隊を分離してしまえば、残った戦艦の隻数比は三対七、すなわち一隻で二隻以上を相手取らねばならなくなる。

敵旗艦を沈める前に、火力の劣勢で全滅という憂き目も見かねない。

こうなってくると、やはり……。

「『大和』がいればな」

松田はうめいた。

『大和』がいれば、多少の数的劣勢など容易に覆せたに違いない。

敵の有効射程外から一方的に射弾を浴びせて、数的に互角以上としてから、決戦に臨む。

あるいは、『大和』が敵戦艦複数を引きつけて、強靭な耐久力でその攻撃を凌いでいるうちに、味方が反撃する。

いずれも『大和』一隻で難局を打破できる可能性がある。

そのための艦を、それだけの力を秘めた艦を、自分は現実のものとして、建艦の土台に載せた。


しかし、『大和』はまだここにはいない。完成にはこぎつけたものの、まだ実戦に出せる状態まできていない。

（ないものねだりしていても、仕方がない）

松田は現実に立ちかえった。

自分に求められているのは、この『日向』を指揮して、目の前の砲戦に勝つことだ。

『日向』が対峙しているのは、敵五番艦である。その五番艦が発砲の炎を見せた。

闇を振りはらう赤い光に、束の間艦影が垣間見える。

三脚檣だ。突きあがる水柱は……太さと高さから三六センチクラスの砲弾のようだ。

これではまだ、敵の艦種特定には至らないが、三五・六センチ連装砲六基搭載の『日向』からすれば、火力はほぼ同等の敵と推定できる。

一対一で負けることは許されない。

『日向』も撃ちかえす。前後に長く散らばった連装砲塔六基から炎がほとばしり、重量六三五キログラムの徹甲弾が、初速七九〇メートル毎秒で飛びだしていく。

『日向』は扶桑型戦艦の四番艦として計画された艦だったが、予算の都合で起工が遅れている間に、扶桑型戦艦で欠点とされていた主砲配置などに改良を加えて建造されたという経緯を持つ。

扶桑型戦艦までのイギリス海軍の影響を色濃く反映していた建艦設計から、純日本式に脱却しはじめた戦艦のさきがけと言える艦でもあった。

その『日向』が、日本という国を背負って戦う。一九三〇年代の近代化改装で、攻走守すべてにわたって手を加えられたが、条約明けの戦艦と比べれば付け焼き刃にすぎない。

ただ、相手もそうであれば、話は別だ。

敵も再び発砲する。

「ネバダ級か？」

わずかに見えただけだが、望遠レンズ越しに見えた主砲塔の大きさが、違うように感じた。

ペンシルベニア級やテネシー級の主砲塔は、すべて三連装なのに対して、ネバダ級は三連装砲塔と連装砲塔を混載している。本当に主砲塔の大きさが違っていれば、一番艦『ネバダ』あるいは二番艦『オクラホマ』ということになる。

双方ともに命中弾は得られない。彼我の徹甲弾は目標を逸れて、虚海を抉《えぐ》るだけだ。

しかし……。

「むっ」

前方から射し込む赤い光に、松田は目を向けた。

「『山城《やましろ》』被弾の模様」

松田はぴくりと頬を動かした。

『山城』と対峙しているのは、コロラド級戦艦と思われる。『長門』『陸奥』と同等の一六インチクラスの砲からすれば、絶対的に射程が長いぶん、命中が期待できる有効射程距離もそれだけ余裕が出るということだ。

（これでは、あのときと同じだ）

松田の脳裏に、南シナ海海戦の悪夢がよみがえった。

南シナ海海戦では、新型のキングジョージ五世級戦艦と撃ちあった『扶桑』が、敗れて沈んでいる。

あのときとは新型と旧型、今回は砲の大小と、条件が異なるが、相手とのミスマッチが生じているのは同じことだ。

『山城』にとっては、荷が重い敵といえる。援護射撃したいところだが、『日向』としても目の前の敵を沈めないことには始まらない。

『日向』も目標のネバダ級戦艦も、無為な射撃を繰りかえしている。

「そうか。測的だ」

松田は右拳で左の掌を叩いた。艦内電話で電探室につなぐ。

「……そうだ。目標との距離と方位を射撃指揮所に報告せよ。不十分だろうと、なんだろうと、かまわん」

「砲術長……」

松田は出撃前に新設された電波探信儀——ドイツ式に言うラダールの射撃への応用を思いついた。

満州総産——略して満総が開発した新兵器のひとつである電波兵器であって、夜間や濃霧など視界の利かないなかで、敵を捜索するのに有効とうたわれていたものである。

今は夜間だ。

敵を捕捉できるのであれば、測的しているのと同じことではないか。それが射撃の一助にでもなれば、砲術はまた一歩新たな進化を遂げることになる。

理知的な松田の頭脳は、戦場においても鋭く正確に働いていたのだった。

「命中」

（そうか。うちの艦長は頭が切れる）

戦艦『日向』方位盤射手池上敏丸《いけがみとしまる》特務少尉は嘆息した。

『日向』の射撃指揮所は歓喜に沸くのではなく、呆気に取られていた。

砲戦中のために、望遠レンズ越しに目標を追尾しつづけなければならないせいで、ほかの者たちの表情を確認することは叶わないが、砲術長あたりは目を丸くしているに違いない。

電探の観測情報を測的に利用せよという艦長の狙いは、すぐに吉と出たのである。

そう命じられて、戸惑いを隠せなかった砲術長からすれば、キツネにつままれた思いだったかもしれない。

もちろん、唐突に出てきた話ではない。思想そのものはあったが、まだ実用には課題が多いと、研究レベルとされていたものだ。

それを実戦でいきなり試してみた艦長の直感と実行力が、ものをいったのだ。

伝達手段は？　光学測距との併用をどうする？　面倒なことの整理は後でいい。口頭伝達、手動操作、使えるならば使ってしまえ、との実利を最優先しての実行だった。

光学的な測距だけでは芳しくなかった射撃が、目に見えて上向いた。

特に距離の計測値は信頼できるとの結果だった。

（やってやる。やってやるぞ。ネバダ級でもテネシー級でも、なんでも来やがれってんだ）

池上は意気込んだ。次いで、ライバルに向けて、挑発的に告げる。

（俺はこの手で敵戦艦を沈めてみせる。南シナ海では、貴様らの助けを借りたが、ここではいらぬ。自力で沈めてみせるから、見ていろ）

薄い眉毛が吊りあがり、一重瞼が不敵に震えた。

池上の思いは、重巡『熊野』にいるライバル・三矢駿作兵曹長に向けてのものだった。

親友という認識だが、だからこそ負けたくないとの強い意識が池上にはあった。

南シナ海海戦では、敵新型戦艦に苦戦する自分たちに対して、三矢が乗る『熊野』らの砲雷撃による援護があって、逆転勝利することができた。

今回は主力たる自分たちが、きっちりと働いて勝つ。またもや水雷戦隊の助けを必要としたなどという不名誉な真似はご免だ。

連合艦隊の主力は、やはり戦艦なのだという証拠を見せつけてやる。せいぜい指をくわえて、見ているがいい。

池上はそんな思いで、引き金を絞りつづけた。

再び目標艦上に爆発の光が散り、火炎が巨竜のように揺れながら噴きあがった。

戦訓をしっかりと受けとめて、対抗策を講じてきた。

そう思わせる敵の迎撃だった。

南シナ海の夢よ、もう一度とばかりに、敵戦艦群に向かって突進した第七戦隊と第一水雷戦隊だったが、敵はまるで待ちかえていたかのように、二重三重の防壁をもって対抗してきた。

いや、そのとおり水雷戦隊の接近を警戒して、戦艦の前に中小艦艇の多重迎撃網を敷いていたのが実態だった。

アメリカ太平洋艦隊は、イギリス東洋艦隊の二の舞を演じるつもりなど毛頭なかった。

南シナ海で猛威を振るった日本海軍の雷撃をしっかりと直視し、駆逐艦を近づけないように警戒を厳にしていたのである。

（柳の下にどじょうは二匹いないというが）

重巡洋艦『熊野』方位盤射手三矢駿作兵曹長も、敵の防備が固いことを実感していた。

斬っても、斬っても、ちぎっては投げ、ちぎっては投げても、敵は次々と現れた。

そのうえ、敵戦艦そのものも副砲で応戦してくるようになると、敵の火力が倍加したように感じた。

当然、それに応じて損害が蓄積している。

（まただ）

誰かが舌打ちした。

後方から赤い光が射し込み、やや遅れて腹の奥底に響く重低音が伝わってくる。

駆逐艦が爆沈したらしい。爆発の規模からいって、敵弾に直撃された魚雷の誘爆によるものと思われる。

敵戦艦の分厚い装甲すらぶち抜く威力を秘めた魚雷が、自らに作用したのだ。装甲らしい装甲などない駆逐艦にしてみれば、あっという間に粉微塵になって当然だ。

これで四隻め。魚雷を放つ前に、一水戦は一個駆逐隊に相当する四隻——四分の一もの戦力を失ったのである。

しかも、これは爆沈したものであるから、沈まないまでも落伍した艦まで入れれば、三分の一かそれ以上の損害をすでに被っていることになる。

由々しき事態だ。

やっとの思いで射点に辿りついたとしても、放つべき魚雷がなくては徒労でしかない。

(どうする？)

砲術の大家と呼ばれる艦長猪口敏平大佐に期待はしても、ここは艦長の砲術云々で切りぬけられる状況ではない。

戦隊司令部あたりの、より戦略的に近い判断が求められる事態である。

「くっ」

そこで、三矢も横っ面に張り手を食らったような衝撃を感じた。艦が瞬間的に跳ね、橙色の閃光が視界を切りさいた。

『熊野』も被弾したのだ。

主砲塔がやられたような形跡はないが、被弾箇所はごっそり抉られ、無残な状態を晒していることだろう。

次いで、眼下に火花が散り、『熊野』はつんのめるように前方に沈み込んだ。

錨鎖が断ちきられて主錨が海中にさらわれ、錨甲板上に大穴が穿たれる。生じた炎と、のしあげた海水とがせめぎ合い、破孔から水蒸気と煙とが混ざりあいながら噴出する。

『熊野』だけではない。前をゆく『三隈』も、その前をゆく『最上』も被弾して火災の炎を曳いている。

「ん？」

その炎が大きく揺らいだ。そして、右に流れていく。

第七戦隊の先頭をゆく旗艦『最上』が転舵したのである。

二番艦『三隈』も、その航路を追っていく。

（ここまでか）

三矢は唇を噛んだ。株を守りて兎を待っても、兎は二度と手に入らない。

第七戦隊司令部は、これ以上の突撃を断念したのである。

魚雷を置き土産にして遁走する。

必中を期す接近しての雷撃は諦め、遠距離からの魚雷の投網に切りかえたのである。

あとは、運任せに近い。

（これが真の敵か）

三矢は胸中でつぶやいた。

南シナ海海戦の再現とはいかなかった。主力の第一戦隊らを効果的に支援することは叶わなかった。

戦訓があっただけではない。

イギリス東洋艦隊に比べて、やはりアメリカ太平洋艦隊ははるかに強大な敵であることを思いしらされたような気がした三矢だった。


連合艦隊旗艦『陸奥』は、果敢に発砲を繰りかえしていた。

今また敵弾があげる水柱を払いのけるようにして爆炎が噴きのび、爆風が海面を叩く。

その指揮を執る砲術長永橋為茂中佐は、劣勢のなかでも勝利を信じて、命じつづけていた。

「まだまだ」

自分を鼓舞する意味も含めて口にするも、戦況は芳しくない。

日本海軍を代表する鉄砲屋の三羽烏または三本

の矢とも言われている重巡『熊野』艦長猪口敏平大佐、戦艦『大和』副長兼砲術長黛治夫中佐、そして永橋とも、日本海軍の砲術技量は世界一との認識は共通している。

日頃鍛えてきた渾身の技量はたしかに発揮され、射撃の精度という意味では、敵を上まわっているように見える。

しかしながら、敵にはその差を埋めて有りあまる火力の優位があった。

戦局は冷徹に、その総合力の優劣を表しはじめていた。

「撃《て》い！」

永橋の号令に従って、『陸奥』の主砲八門が吼える。

紅蓮の炎が轟と夜空に噴きのび、その赤い光の反射が、前寄りに鎮座する重厚な艦橋構造物、一本にまとめられた直立した太い煙突、半円形の艦首といった、外見上の特徴を垣間見せる。

「命中！」

「敵艦、炎上中」

目標艦上を火災の炎が舐め、その炎を背景にアメリカ戦艦特有の籠マストが浮かびでる。とろ火で焼かれるような印象である。あの周辺では、もうまともな活動などできないであろう。

『陸奥』は二〇年来のライバルであるコロラド級戦艦に対して、有利に砲戦を進めていたのだが、ほかの艦は必ずしもそうではなかった。

特に『陸奥』に続く『山城』は明らかに劣勢だった。

『山城』が対峙している敵は、コロラド級戦艦の二番艦『メリーランド』だ。

『メリーランド』はワシントン条約下での世界の

ビッグ・セブンの一隻であり、主砲は一六インチ連装砲四基計八門である。

　これに対して、『山城』の主砲は三五・六センチ砲連装六基計一二門である。

　門数こそ『山城』のほうが多いものの、砲の口径は『メリーランド』のほうがワンランクどころか、その上をいっている。砲弾重量はおよそ八割増しである。砲弾の威力を運動エネルギーとすれば、運動エネルギーは重量に比例することから、一発あたりの威力も八割増しということになる。

　その差は歴然としていた。

　決戦距離において、『メリーランド』の一撃は『山城』のどこに当たっても深部まで食い込み、重要区画を破ることができたが、『山城』の一撃は『メリーランド』の主要装甲を撃ちぬけない。

　鉄砲屋にとって、当てても、当てても、跳ねかえされる光景は、悪夢でしかなかった。

　しかし、それでも『山城』の乗組員は勇敢に立ちむかった。主砲塔を一基、また一基と潰されながらも、残った主砲塔に発砲の炎を絶やすことがなかった。

　火災が生じても、迅速に消火に努めて延焼を食いとめ、浸水による艦の傾斜も可及的速やかに復元して、艦の安定確保をはかった。

　しかし、『山城』の健闘も、いつまでも続くはずがなかった。

　まず、艦尾への被弾が終局への合図となった。後甲板に斜め上から飛び込んだ『メリーランド』の一撃は、やすやすと上甲板、中甲板を貫き、深部の機関へと到達、そこで信管を作動させた。

　凄まじい爆圧と熱風、それがもたらす化学的、物理的な打撃によって、機関は瞬時に半壊した。

『山城』はよろよろと洋上を這いはじめた。急な速力の変化で、さすがに次の射撃は全弾外したが、炎の光で洋上にくっきりと晒され、動きの鈍った『山城』は、もはや射撃訓練の格好の的でしかなかった。

被弾の閃光が一つ二つと続き、やがてそれまでにない強烈な光条が海上の闇を切りさいた。

目もくらむ光が白金色から鮮紅色へと代わり、遅れておどろおどろしい落雷のような轟音が、夜気を揺さぶりながら伝わった。

「…………」

永橋は無言を保ったが、心中穏やかであるはずがなかった。豪放磊落な永橋といえども、平然とやり過ごすことなどできない惨事だった。

振りかえらずとも、自身の目で確認せずとも、なにが起きたのかはすぐにわかった。

『山城』が爆沈したのである。

『山城』の中央にある第三主砲塔を襲った『メリーランド』の一発は、主砲塔そのものを撃砕したにとどまらなかった。給薬、給弾路を辿った炎は、そのまま装填待ちだった弾薬の引火、爆発を引きおこした。

急激な温度変化と気体の膨張が容赦なく老朽化した艦体を傷めつける。それらは注水しようとした兵をすぐに呑み込み、悲鳴をあげさせる間もなく焼きつくす。

金属が引きさかれる凶音が響き、瓦礫と化すそれらが無造作に散らばり、第二、第三の爆風がそれらを吹きとばしていく。

艦齢二〇年を優に超える『山城』の老体が、それに抗しきれるはずもなく、艦体は中央から真っ二つに断裂した。

「慌てることはない」

押されぎみの砲戦に動揺する部下に対して、永橋はことさらゆっくりした口調で答えた。

「焦っても、いいことなどなにもない。まず目の前の敵に集中しようか」

自分の仕事に集中する。それが、今も最重要なことに変わりはない。部下を落ちつかせることも大切な仕事であると、永橋は思いかえした。

そして、それは自分や本艦――『陸奥』を信じることでもあるのだと。


戦艦『アリゾナ』艦長フランクリン・ヴァルケンバーグ大佐は、納得の表情を見せていた。

「やはりコンゴウ・タイプが相手ならば、こんなところでしょうか」

通信長ジャメル・ヘリング大尉の言葉にも、余



艦首と艦尾がV字に立ちあがり、泡立つ海面が渦巻きながらその両方を引き込んでいく。

一四〇〇名ほどの乗組員に、脱出の余裕はなかった。

火災と浸水によって、すでに焼死したり溺死したりした者も多かったが、そこまで命を保っていた者も、ほとんどが強制的に艦と運命をともにすることを強いられた。海底へ向かう強い海水の流れに巻き込まれて、二度と浮かんではこられなかったのである。

基準排水量三万四七〇〇トンの艦体が海中に消えるまで、さほど時間はかからなかった。

沈没前に海上を照らしたまばゆい光は、三万トンを超えた世界最大の戦艦として誕生した『山城』が垣間見た栄華の、最後の灯《ともしび》だったのかもしれない。

「砲術長……」

裕があった。

一斉回頭の結果、『アリゾナ』は金剛型戦艦の三番艦『榛名《はるな》』と撃ちあうことになり、見事撃沈してみせたのである。

「コンゴウ・タイプは装甲の薄いバトル・クルーザー（巡洋戦艦）にすぎんがな。足をすくわれる前に退けておくに限る」

主砲口径は同等ながらも、『アリゾナ』は一二門、コンゴウ・タイプは八門と、五割増しの火力がある。おまけにコンゴウ・タイプの戦艦は高速力を追求したため、薄い装甲に甘んじていると聞く。

そのような敵ではあるが、下手に手加減する必要もない。全力で叩きつぶすまでだ。と、ヴァルケンバーグは考えていた。

『アリゾナ』の同型艦である太平洋艦隊旗艦『ペンシルベニア』も同じくコンゴウ・クラスの戦艦を沈めかけているが、旗艦に先がけて目標を沈めたのは気分がよかった。

「目標を敵六番艦に変更」

ヴァルケンバーグは命じた。

『アリゾナ』も被弾したが、三連装四基の主砲塔は一部の測距儀が損壊したものの、発砲そのものには支障がない。

もちろん、機関ほか重要部位にも問題はない。海面に対して、垂直に切りたった艦首や前後二脚の三脚檣といった艦容にも大きな変化はない。速力よりも防御という重防御指向のアメリカ戦艦は、実戦でその特長を見せつけたのだ。

重防御、重武装という海上要塞という表現が似合う『アリゾナ』が、新たな標的を見据える。

背負い式に設けられた前後二基ずつの三連装主砲塔が微動して四五口径、すなわち砲の直径の四五倍の長さをした砲身が上下する。

敵――日本海軍は一時期航空主兵に大きく舵を切るのではという憶測があったが、結局決戦は艦隊で挑んできた。

実際に新型機の開発も確認されてはいたものの、敵も海戦の雌雄を決するのは戦艦の砲戦にほかならないのだと、あらためて認めたものと思われる。

もし、敵が航空主兵に大転換して、多数の空母と大量の艦載機をさし向けてきたりすれば、海戦の様相はまったく違ったものになったかもしれないが、歴史はそのような革新的変化を望まなかった。

『アリゾナ』は持てる砲力を存分に発揮して、宿敵日本戦艦を沈めればいいだけだ。

「しかしだ」

ヴァルケンバーグは首をひねった。

やはり、敵もそれなりの覚悟を持って向かってきたためだろうが、もっと圧倒できるかと思えた砲戦は、一方的な展開とはなっていない。

特に敵の一番艦であり、旗艦でもあるナガト・タイプの戦艦と四番艦のイセ・タイプの戦艦がしぶとく反撃してきている印象である。

敵の砲撃技量はけっして侮れるものではないらしい。

（常に警戒を怠るな。隙を見せれば、敵はすべてを奪いさる、か）

ヴァルケンバーグは自身の家に伝わる家訓を思いだした。

ヴァルケンバーグの祖父はスコットランド系の移民であって、厳しい開拓時代を生きぬいて、アメリカという新天地に根を張った。

ヴァルケンバーグとしては、歴史の一部として伝えきいたにすぎないが、開拓時には先住民と白人との抗争はもちろん、白人どうしでも土地の権利や所有をめぐって争いが絶えず、殺人事件なども日常茶飯事だったという。

多くの人々が夢を追うなかで、アメリカ合衆国という新しい国が建国される激動の過程で生ずる無理、矛盾が生んだ摩擦である。

そこで生きのび、子孫を残していくうえで、ヴァルケンバーグ家には、こうした戒めの家訓が伝えられているのである。

今、この太平洋で、再び大きな争乱が生じている。

敵は先住民よりもはるかに強力で、統制のとれた、日本という新興国家である。

サムライが闊歩する後進国から、わずか半世紀で欧米列強に追いついてきた者たちであって、かつての師であるイギリス海軍を南シナ海で撃破したのも事実である。


隙を見せれば、自分たちも大きな火傷を負いかねないと、ヴァルケンバーグは警戒を強めた。

日本海軍など取るに足らない存在だと蔑視する者が多かったなかでも、ヴァルケンバーグは敵の実力を正しく評価していた。


アメリカ太平洋艦隊司令長官ハズバンド・キンメル大将は、戦況を悲観視してはいなかった。鮮やかに先手が決まったことで、圧勝できるかもしれないと期待はしたが、そうそう簡単に事は運ばなかった。

敵の戦意と士気は高いらしく、不利な状態でも果敢に反撃してきており、一部の艦は劣勢だ。

しかし、それは想定内のことであるし、砲戦はひいき目に見なくても、押しぎみに進んでいる。

このまま砲戦を続けていけば、敵艦隊を撃破できる。戦術的勝利はもちろん、敵がよりどころとしている連合艦隊を初戦で壊滅に追い込むことが可能だ。

　事実、『アリゾナ』はコンゴウ・タイプの戦艦を、そして『メリーランド』は『ヤマシロ』を撃沈して、次の目標に砲撃を移している。

　時間の経過は自分たちに有利だと、キンメルは判断していた。

　そこに、『ペンシルベニア』艦長チャールズ・クック大佐の報告が届く。

「目標、完全に沈黙しました」

「オーケイ」

　朗報だと、キンメルはほくそ笑んだ。

　火災の炎に全体をあぶられながらも、しつこく砲火を閃かせていた敵八番艦を、ついに無力化することができた。

　遠目に見ても、炎の勢いは凄まじく、あれではとても鎮火など望めそうにない。敵八番艦の命運は尽きた。沈没は一〇〇パーセント免れない。

「艦長。敵一番艦は狙えるか？」

「はっ。少々お待ちを」

　クックが艦内電話で射撃指揮所にいる砲術長に確認する。

「少々遠いですが、いけます。次の目標は敵一番艦でよろしいですか？」

「ああ。そうだ」

　キンメルはうなずいた。

　手近な目標は敵六番艦だが、それはもう『テネシー』と『アリゾナ』が二隻がかりで砲撃している。

　そこに『ペンシルベニア』が加わるのは、いかにも過剰である。と、なると、どうせならば、もっとも手強い敵にあたるのが得策となるだろう。

答えは簡単だ。

最大最強で旗艦でもある『ムツ』以外にない。

ここで、敵旗艦に引導を渡してしまえば、敵はさらに雪崩を打って敗走することにもなりかねない。

「砲撃目標、敵一番艦！」

クックが命じて、三連装の主砲塔四基がゆっくりと旋回する。

敵八番艦の砲撃で砲身二門が失われたが、まだ一〇門、八割以上の火力が生きている。

「これで奴もジ・エンドだ」と、キンメルは「完全勝利」を心に描いたのだったが……。

「Ｗｈａｔ!?」

そこで、キンメルはたまらず右手で目を覆った。

咄嗟にそうせざるをえないほどの光量が、出しぬけに射しこんだのだ。

まるで、前方の海上に忽然と太陽が出現したかのようだった。

真っ赤な火球が、瞬間的に膨れあがって弾けた。

急激な気圧の変化によるものか、衝撃波のような圧が艦を押し、やや遅れて耳を聾する大音響が轟く。

「シ、『シムス』轟沈！」

『ペンシルベニア』を至近で護衛していた駆逐艦『シムス』が、一瞬にして爆砕、四散したのである。

なにが起きたのか。頭の整理ができないうちに、今度はキンメルが座乗する『ペンシルベニア』が災厄に見舞われた。

大鐘を打ちならしたような鈍い金属音を伴って、『ペンシルベニア』は大きく左にのけぞった。

夜目にも白い水柱が艦尾に高々とそそり立ち、多量の海水が上甲板にのし上げる。

悲鳴と怒号が交錯し、傾く艦内でキンメルも大きくよろめいた。

「魚、魚雷だ（と）」

視界がぶれるなかで、キンメルはうめいた。

そう考えるしかない状況だった。

いくら戦艦の砲撃が強力だといっても、こうはならない。魚雷の命中だと考えれば、『シムス』の轟沈も納得がいく。

「被害報告！」

（しかし、なぜだ）

クックの怒声を耳にしながら、キンメルは首をかしげた。

南シナ海でイギリス東洋艦隊が日本艦隊に敗れたのは、砲戦で遅れをとったのではなく、砲戦中に雷撃の奇襲に遭ったためと聞いている。

日本海軍の水雷戦隊は雷装が強力で、危険を顧みずに肉薄してくるのだと。その一撃必殺の雷撃には、十分注意が必要なのだということを、イギリス東洋艦隊は自らの犠牲とひきかえに教えてくれた。

そのため、キンメルは主力の戦艦群の周囲に、巡洋艦と駆逐艦の防御網を二重三重に張りめぐらせ、戦艦からも副砲以下の火力でもって、敵水雷戦隊の接近を阻んだ……はずだった。

それがなぜここで出てくるのかと、キンメルは理解できなかった。

日本海軍が大威力、長射程の酸素魚雷の開発に成功していた事実は、世界のどの海軍も知らなかった。

キンメルから見れば、敵水雷戦隊は事前に撃退して、雷撃は不可能という解釈だった。

「敵の駆逐隊らは早々に追いはらった。距離は一万メートルどころではなかったはずだ」

「潜水艦が至近に潜んでいたのかもしれません」

参謀長ウィリアム・スミス少将が可能性を指摘した。

命じられるまでもなく、駆逐隊はこの可能性を考えて、砲戦中にも関わらず手当たり次第に爆雷を放り込んでいる。

もちろん、それで即刻撃沈の報告があがるはずもない。『シムス』と『ペンシルベニア』を襲ったのは、第七戦隊と第一水雷戦隊の遠距離雷撃だったのだから。

ただ、一二〇射線中、命中二発、命中確率一・七パーセントという結果は、けっして褒められるものではない。

第七戦隊と一水戦としても、満足いかない不本意な結果には違いなかった。

「報告します。機関損傷。出力低下により、速力は十数ノットが限界です」

「舵は大丈夫だったか」

「はっ。幸いにも」

クックの報告に、スミスはほっとしたようにうなずいた。

艦尾への被弾は、水上艦にとっては致命傷となる危険性をはらむ。

推進軸がいかれれば、機関は健在でも航行は不可能になるし、舵が言うことを利かなくなれば、艦は行動の自由を失う。

その結果、与えられるのは海底への切符ということになる。

それは免れた。不幸中の幸いだった。だが、『ペンシルベニア』が遅れはじめているのも事実である。

「いかがいたしますか？」

スミスはキンメルに伺いをたてた。

このまま砲戦を続けさせた場合は旗艦不在となる。目下、全力で砲戦中のため、ほかの艦に移乗して指揮を執るというのも現実的ではない。

キンメルは逡巡した。

被雷は二発にとどまったが、それで終わりなのだろうか。権限を委譲して砲戦を続けさせた場合の勝機はどうか。

「駄目だな」

キンメルは決断した。

「まだ初戦だ。無理をすることはあるまい。総合的にみて、辛勝かせいぜい引き分けかもしれんが、それでよしとしよう。けっして負けたわけではない」

キンメルは戦果拡大にこだわってのリスク増大を嫌ったのだった。

ここで砲戦を継続すれば、当初の目論見どおり、敵艦隊を壊滅に追い込むことも不可能ではないかもしれない。

しかしながら、また不意の雷撃を食らったりすれば、思わぬ痛手も被りかねない。

日本艦隊など、いつでも倒せる。ここは功を焦るべきではない。

キンメルはそのように判断したのだった。

「引きあげるぞ。パールハーバーへ帰還する。艦隊針路〇三〇。全艦速やかに戦闘海域を離脱せよ。参謀長、全艦に通達を」

「はっ」

スミスは踵を揃えた。

「戦闘海域を速やかに離脱し、パールハーバーへ帰還せよ。全艦に通達します」

こうして、日米とも決定打のないまま、初の正面対決は幕を閉じた。

勝敗は、次の決戦へ持ちこしとなったのである。

明滅を繰りかえしていた敵の発砲炎は、次第に遠くなり、やがて……消えた。

「敵は引きあげたのか」

戦艦『日向』艦長松田千秋大佐は、沈黙を取りもどした東の海上を見つめた。

松田の胸中は複雑だった。

火力で優勢な敵に対して、卑屈になることなく渡りあい、撃退しての、安堵した思いがある一方で、戦術的勝利をもぎとったとはいえない悔しい思いもある。

口をへの字に曲げた松田の表情には、そうしたひと言では表せない、入り混じった思いが滲みでていた。

松田が指揮した『日向』は、ネバダ級と思われる戦艦一隻を撃沈し、僚艦『伊勢』とともにさらに戦艦一隻を撃破した。

連合艦隊旗艦『陸奥』もコロラド級戦艦に撃ちかった。

だが、反面、『山城』はコロラド級戦艦の猛射の前に、奮戦むなしく沈められ、金剛型戦艦『榛名』『霧島《きりしま》』も撃沈された。

敵の一六インチ砲搭載戦艦一隻を撃沈できたのは吉報だが、沈没した戦艦の数は自分たちのほうが多いという、まさに痛みわけの結果だったのである。

イギリス東洋艦隊を相手にした南シナ海海戦と同様に、反省点の残る戦いだったと、松田は見ていた。

金剛型戦艦をもし別行動させていたら？

それで、一水戦の雷撃が決まっていたら？

戦争に「たら」「れば」は禁句だが、戦訓分析は重要なことである。

そして、やはり「あの思い」もさらに強くなった。

(『大和』がいれば、戦術云々にかかわらず、敵を圧倒できただろう)

焦っても仕方がないと理解できてはいるものの、最前線に身を置く松田としては、自分が生みの親ともいえる新型戦艦『大和』の登場を待ちこがれずにはいられなかった。

# 第二章　欧州膠着

一九四一年一二月二六日　四国沖

マーシャル沖海戦と後日命名されたクェゼリン環礁沖で生起した夜戦の結果は、四国沖で訓練中の戦艦『大和』にも、すみやかに届けられた。

「『山城』『榛名』『霧島』が沈み、撃沈した戦艦はコロラド級を含む二隻、か。戦術的には引き分けか惜敗といったところか」

『大和』艦長高柳儀八大佐は、難しい顔をしてうなずいた。

やはり、敵は強大だった。

南シナ海では、イギリス東洋艦隊を壊滅に追い込み、南方進出成功の立役者となった連合艦隊だったが、夢よもう一度とはいかなかったのだ。

「もう少し、いい戦いができると思いましたが」

副長兼砲術長黛治夫中佐は不満顔だった。

黛は自分たち日本海軍の砲術技量は世界一だと自負している。

多少条件は厳しくとも、積みあげてきた訓練の成果を発揮しさえすれば、跳ねかえせる。跳ねかえしてみせろ。そんな言葉が黛の表情には見てとれた。

「『長門』抜きで戦ったんだ。『陸奥』らも万全だったとは言いがたい。敵にはコロラド級二隻がいたのだろう？　よくやったよ」

スポーツの世界では、少々の怪我や痛みがあっても、試合に臨めば泣き言は許されない。戦場はさらに過酷だ。前線に出た限りは、状態や条件など考慮されるはずがない。

勝つか負けるか。負ければ死あるのみ。それがわかっていながらも、高柳は結果だけでばっさりと切りすてる気持ちにはなれなかった。

高柳個人にはなんら責任はないのだが、『大和』が間にあっていれば、もっと楽に戦えたという負い目を高柳は感じていた。

「マーシャルを奪われることなく、敵を撃退した。戦略的には勝利だ」

「はっ」

半歩下がる黛に、高柳は告げた。

「次は我々も行く。雌雄を決するのは、そのときだ」

「はっ。必ずや本艦の巨砲で敵を粉砕してご覧にいれます。本艦がいればもう、それこそ大船に乗った気分でいいと、味方にも知らしめてやりましょう」

「その意気だ」

姿勢を正す黛に、高柳は微笑した。すぐに真顔に戻して命じる。

「砲撃訓練に入る。総員、訓練戦闘配置！」

乗組員がいっせいに動きだした。

九門の太く長い砲身は、曇天のなかで鈍色の光沢をたたえ、先端に菊花紋章を戴いた、大きくフレアのついた艦首は、うねりの高い海面を豪快に押しつぶして進んでいた。

二〇〇〇名にのぼる乗組員は、次戦は自らが勝利を決める一打を放つべく、全員が闘志をかきたてていたのだった。

一九四二年一月三日　ウェーク

ここでは年末も年始も関係なかった。

三日三晩に渡る苦闘の末に、ようやくウェーク本島に日章旗が翻った。

旗竿を支える兵は顔から血を流し、その横に立つ下士官は顔と頭に何重にも包帯を巻いていた。もちろん、負傷してのことで、包帯は赤黒く滲んでいる。

およそ勝者には似つかわしくない姿だったが、それだけ揚陸戦が苦しかったことを物語っていた。

環礁内には行動不能になった駆逐艦『疾風《はやて》』が着底しており、そのまわりにはアメリカ軍機の残骸が漂っていた。

戦争においては、攻める側は守る側の三倍の兵力を要するというのが常識とされているが、まさに日本軍は兵力、火力とも半分にも満たない敵に散々手を焼かされ、計画の三倍もの時間をかけて、ようやくウェーク島を占領したのだった。

マーシャル沖海戦後に、アメリカ太平洋艦隊がハワイに戻ったことを確認して、日本軍はかねてから計画していたウェーク島攻略作戦を発動した。

いざ、対米戦となった場合、洋上に強固な防衛線を敷いて、敵の西進を食いとめる必要がある。

その最前線として、日本軍はウェークとマーシャルを結ぶ線を設定していたのである。

この二点を押さえておけば、航空機を使った定期哨戒によって、敵に不穏な動きがあるかどうかを監視できるし、潜水艦を展開する前線拠点としても利用できる。

もちろん、警戒、警備の小艦隊を駐留させたり、補給基地として使ったりすることもできる。

ハワイから出撃してくるアメリカ太平洋艦隊をほぼ確実に捕捉でき、戦力によっては牽制の攻撃すらも可能だ。

だから、日本海軍も戦力的に余裕などあるはずもなかったが、マーシャル沖海戦に参加しなかったトラック駐留の第四艦隊に動員をかけて、作戦を強行した。

ところが、マーシャル沖海戦に参加していなかったというのは、裏を返せば二線級の艦隊ということである。

戦力は旧式の軽巡洋艦一隻に、駆逐隊二隊のみ。それで、揚陸の陸上兵力を運んでいくのだから、護衛だけでも息があがるようなものだった。

ウェーク駐留の敵戦力も、魚雷艇と航空機が若干あるだけで、けっして強力なものではなかったが、頑強な抵抗に遭って、作戦は大幅な遅れをきたした。

それでもなお、作戦を頓挫させることなく、増強と出血を繰りかえすことなく、なんとか作戦目的を達することができ、将兵は疲労困憊のなかにも、安堵の表情を見せていたのだった。

一九四二年一月二四日　クェゼリン

マーシャル方面における日本軍の中心拠点であって、なおかつ対米戦における最大の前線拠点といえるクェゼリン環礁に、続々と輸送船が入港していた。

富める国アメリカと違って、国力に劣る日本は軍艦や航空機、戦車や火砲といった、いわゆる正面戦力の整備で手一杯であって、どうしても補助戦力や後方支援の機材などの調達、拡充は後まわしになったり、慢性的に不足していたりする。

そうしたなかで、五、六隻とはいえ船団が入れ代わり立ち代わり入港したり、一万トン級の大型輸送船が現れたりといった状況は、日本軍の本気を表すものだった。

陸揚げされたのは、まず食料や医薬品、飲用水である。

これは当然である。兵站が続かなければ、兵力維持は叶わない。腹が減っては、戦はできん。それは今も昔も変わらない。

その前提を満たしたうえで、分解された魚雷艇や火砲が運び込まれる。

拠点維持のための、とりあえずの防御兵器である。

航空機はなし。飛行場が機能不全の状態であり、宝の持ち腐れとなるから。万が一、敵襲があれば、格好の破壊目標ともなるからである。

ただし、水上機は別である。

こういう場合に、地上の滑走路が不要で、海面で離着水できる水上機は重宝される。

海戦の主役にはなれなかった航空機だが、速さと足の長さを生かした索敵任務には、もってこいだ。

水上機は進出してまもない最前線や、開発が行きとどかない離島では欠かせない貴重な戦力である。

そして、クェゼリンには優先度の高い木材や鋼鈑も所狭しと荷揚げされた。

艦砲射撃によって破壊された施設を修復するためである。

それだけではなく、ここで大量のセメントが持ち込まれたのが目を引いた。

それはクェゼリンのみならず、マロエラップなど周辺の環礁にも運び込まれた。

日本軍は、単に敵に破壊される前の状態に戻すだけではなく、マーシャル諸島全体を要塞化しようと画策したのである。

司令部施設や陣地を半地下式にするとともに、ベトンで塗りかためて、防備を強固にする。

次に敵が来襲しても、簡単には明けわたさずに頑強に抵抗できるように整えておく。

本来ならば、開戦前に済ませておくのが理想だったものの、そこが日本の国力の限界だった。

しかし、こうして遅ればせながら、日本軍は敵の再来寇に備えて、前線の強化を急ピッチで進めたのだった。

一九四二年一月二七日　イギリス本土上空

太平洋方面で日本とアメリカの戦争が激しさを増しつつあるころ、欧州ではドイツとイギリスの戦争が続いていた。

西欧の大部分を占領したドイツは大陸での覇権を確立して、イギリス打倒を掲げている。

欧州で唯一残った敵を、陸海空の総力をもって叩くのだ。

イギリス本土を制圧するには、陸上兵力をイギリス本土に送り込む必要がある。

そこで、ドーバー海峡を渡る必要が出てくる。

そのためには、海軍を動かして、周辺の制海権を得る必要がある。

敵海軍が活発に活動しているなかで、渡洋を強行しても、あえなく海没させられるのは目に見えているからだ。

いかに精強なドイツの機甲師団といえども、海上ではろくに抵抗できない荷物でしかない。

そして、海軍を動かすには、制空権獲得が前提となる。敵の爆撃機や雷撃機の行動を封じておくためである。

だから、陸軍や海軍に先んじて、空軍がまっさきに行動している。

ドーバー海峡を越えたイギリス本土上空に、鉤十字の識別表示を付けたドイツ軍機が大挙して侵入していた。

だが、轟々とエンジン音を響かせて、我が物顔で敵の領空を蹂躙していく……というのは南部のほんのわずかな一部にすぎない。

南部の港湾や軍事拠点を潰すことに成功したドイツ軍ではあったが、イギリス軍は大陸方面へ向けて濃密なレーザー網を構築して、効果的な迎撃システムをつくりあげていたのである。

だから、ドイツ軍機は来る日も来る日もイギリス空軍機の頑強な抵抗に遭って、なかなか思うような戦果を挙げられずにいた。

さらに、こうした敵の戦術以外に、ドイツ空軍は自ら足かせとなる根本的な問題も内包していたのである。


イギリスの首都ロンドンを目指して、ヘンシェルＨｅ１１１が緊密な編隊を組んで北上していた。Ｈｅ１１１はドイツ空軍の主力双発爆撃機である。ベルサイユ条約の制限のために、民間機として偽装開発されていた機であって、低翼式の楕円翼と全面ガラス張りの風防が特徴である。

「高度よし。速度よし。水温、油温正常」

第三一爆撃航空団ＫＧ３１に所属するダニエル・ミュンツナー中尉は、あらためて計器類を確認した。問題なし。機は正常に稼働している。

イギリス本土上空にさしかかってから、一度敵戦闘機の出迎えはあったものの、ミュンツナーらは損害軽微で切りぬけて、任務を続行している。

任務はロンドン郊外にある敵空軍飛行場への爆撃である。

第一目標は滑走路であって、それを破壊することによって、敵航空機の活動を封止できる。

次に司令部施設や倉庫類狙い、設備の機能不全によって、活動を鈍らせる。

最後に、駐機中の敵機そのものや燃料、油脂類まで一掃できれば完璧となる。

首都防空を担う敵の航空戦力を排除できるかどうかは、敵本土空襲の成否に直結する優先課題であった。

だから、ドイツ空軍は一度や二度の挫折で諦めることなく、作戦を継続しているのである。

もっとも、挫折というからには、作戦がうまくいっていないことを表している。

その主たる原因が「これ」だった。

ミュンツナーは舌打ちした。

護衛に就いていたメッサーシュミットBf109が一機、また一機と翼を翻して帰投していく。

ドイツ空軍の主力戦闘機Bf109は高速重武装で一撃離脱の戦法を得意とする重戦指向の戦闘機だった。

イギリス空軍のハリケーンやスピットファイアといった戦闘機を相手にしても、一歩も退かないで戦うことができる優秀な戦闘機である。

しかしながら、設計段階で想定していた戦場が、自国周辺の大陸上空だったため、航続力が短いという課題を抱えていた。

渡洋攻撃では、それが決定的な弱点として露呈した。

ドーバー海峡を越えて、イギリス本土上空に入ったＢｆ１０９は奥深くまで進出することができずに、引きかえさねばならなかったのである。

ましてや、空戦で急な加減速を繰りかえしたりすれば、燃料の消費も跳ねあがって、さらに行動半径は狭くなる。

つまり、Ｂｆ１０９による護衛は、イギリス本土空襲においては、まったく不満足なものでしなかったのである。

もちろん、だからといって、その先へ行く爆撃機を護衛なしの裸で行かせるわけにはいかない。

そんなことをすれば、次々と敵戦闘機の餌食になるだけだ。

そこで、ドイツ空軍の上層部は比較的航続力の長い双発戦闘機メッサーシュミットＢｆ１１０を護衛に就けた。

それが、問題だった。

「スピット！」

敵機発見の報告が、無線をとおして飛び込んだ。

眼下から、矢のように敵戦闘機が上がってくる。

液冷エンジン搭載機特有の尖った機首に、扇形の主翼を持つイギリス空軍の主力戦闘機スーパーマリン・スピットファイアである。

「トミーめ」

ミュンツナーは敵を蔑視した。

敵は邀撃の戦術を変えていた。以前は本土上空に侵入してくる自分たちを、しゃにむに追いだそうと向かってきたが、今は違う。

Ｂｆ１０９の航続力が短いとみるや、まともに戦うだけが能ではないと、Ｂｆ１０９が限界に達して反転したのをみはからってから、迎撃に上がってくるようになったのである。

向かってくるスピットファイアに対して、Bf110が前に出て応戦する。銃口を閃かせて、二〇ミリ弾を高空にばら撒く。

しかし、スピットファイアの動きは素早い。左右に機体を振って、Bf110の銃撃に空を切らせたかと思うと、タイミングを見はからって、大きく主翼を跳ねあげる。

ここに、スピットファイアの長所があった。

スピットファイアは高速力を持つ一方で、扇形をした主翼は表面積が大きく翼面荷重、つまり単位面積あたりに受ける風の抵抗が少なく、軽快な動きが可能だった。

それに対して、双発で重いBf110の動きは、いかにも緩慢だった。

スピットファイアに付いていこうと急旋回を試みるBf110だったが、その円は大きく膨らんで、とても追随できない。

すぐにスピットファイアの姿は視界から消える。その見失ったスピットファイアが、悠々とBf110の背後をとる。

「駄目だ」

失望のうめきが、ミュンツナーの口を衝いて出た。

スピットファイアの両翼が閃く。高空にかけられた鉄と火薬の赤い橋は、見事にBf110へ到達した。

直径七・七ミリの弾丸が、執拗にエンジン・カウリングにかじりつき、H形をした垂直尾翼を噛みちぎる。

一発あたりの威力は乏しい七・七ミリ弾だったが、スピットファイアは両翼に四挺ずつ計八挺と多銃身だった。そのため、銃撃は濃密で、無数の弾丸が文字どおり目標に殺到した。

バッタの大量発生による食害、あるいはピラニアの群れに襲われたかの様子で、Ｂｆ１１０は傷つき、食い荒らされていく。

左主翼に埋め込まれたエンジンから炎が噴きだし、黒煙が湧きだした。

回転が不規則になり、プロペラの動きが怪しくなる。

機体は不安定となり、航跡が波打つ。

パイロットはこれでも機体の安定を保とうと、抗っているように見えた。高度を維持しようと機首を上げ、傾く機体を強引に補正する。

だが、機体の損傷度合いは、もはやパイロットの操縦技量で補えるようなレベルではなかった。

左エンジンはやがて完全に停止し、風圧で亀裂が広がった尾翼は、二分の一ほどが断裂した。

もはや、手の施しようがなかった。

空力バランスを失ったＢｆ１１０は、左に大きく傾きながら、うなだれるようにして機首を下げた。

機体はきりもみに至って、墜落していく。パイロットに脱出する様子はない。ああなってしまうと、もう身動きひとつも難しいだろう。

待つのは、敵の大地への激突と即死という、無残な最期である。

「これでは、もう」

ミュンツナーは、ぎりぎりと奥歯を噛みならした。

Ｂｆ１１０は明らかに劣勢だ。

旧式のハリケーンが相手ならまだしも、高速で運動性能の高いスピットファイアには、まるで歯が立たない。

青白赤のラウンデル――円形識別マークを付けたスピットファイアと鉤十字を付けたＢｆ１１０との空戦は、一方的にＢｆ１１０が落とされている。

もちろん、機体性能の差は今はじめてわかったことではない。

Ｂｆ１１０では、一対一の空戦でスピットファイア相手には、ほぼ勝ち目がないというのは、ドイツ空軍では公知の事実と化していた。

だから、今回の作戦では、その差を数でひっくり返そうとした。

Ｂｆ１１０を通常の編成からざっと三割増しの機数として投入した。

一対一の場面さえつくらせさえしなければ、そうそう敵の好きに空戦が運ぶことはないだろう。二対一とまではいかなくても、自由に動ける機が増えれば、奇襲の機会もつくれるはずだ。

そうなれば、勝機も出てくるに違いない。機体性能やパイロットの技量以上に、航空戦は数がものをいう。

だが、そうしたドイツ空軍の思惑とは裏腹に、Ｂｆ１１０とスピットファイアとの間には、そんな増援規模では埋めきれない隔絶した差があったのである。

三割増しの機数など、焼け石に水でしかなかった。Ｂｆ１１０は爆撃機の護衛どころか、自分の身を守ることすらおぼつかない。

「くそっ」

そうこうしているうちに、護衛の網を突破してきた敵機に、僚機が食われた。

Ｈｅ１１１の特徴であるＨ形の尾翼をもぎとられた機が、悲鳴のような音を立てながら墜落していく。

また、一機は搭載してきた爆弾に直撃を受けたのか、一瞬の閃光を発して、轟音とともに砕けちる。

もちろん、ミュンツナーらもただ怯えて撃墜される順番を待っているわけではない。

七・九二ミリ機銃七門の火力を総動員して、反撃を試みる。

それで撃墜できれば最高だが、せめて牽制の効果だけでもあればと思うが、淡い期待はすぐに打ちくだかれる。

そもそも自軍の戦闘機相手に優位に戦う機なのだ。爆撃機の銃撃などでどうこうできると、期待するほうが間違いだったのかもしれない。

スピットファイアは、まるで嘲笑うかのように右に左に機体をひねりながら、悠々と銃撃をかわして肉薄してくる。

「無駄な抵抗はやめろ」という敵の声が、聞こえたような気すらした。

「くっ」

風を巻いて、スピットファイアが頭上を飛びぬけた。

一瞬、黒い影が視界をよぎり、横殴りの風圧に機体が震える。

狙われたのは、並走していた僚機だった。

至近距離での銃撃だったため、敵機の銃撃音が聞こえたと思ったときには、すでに僚機は火を噴いていた。

引きちぎられた送油管から霧状に燃料が散り、そこに炎が追いついて大気を焼いていく。

炎だけではなく、褐色の煙も曳きながら、僚機は力なく重力に引かれていく。

高度を保つのは不可能で、あとは脱出の機会を窺うほかない。

「爆撃隊、全機投弾用意」

ここで、総隊長から爆撃用意の指示が出た。

目標はまだまだ先だが、辿りつくのは不可能だと判断しての命令である。

投弾といえば聞こえはいいが、実質的には爆弾の投棄に等しい。さらに言い方を変えれば、逃げるために身軽になろうとしての措置である。

大陸からわざわざ運んできた爆弾を無為に捨てねばならないのは屈辱的だが、欲張って無理をした挙句に撃墜されては、やり直しもきかない。

ここは個人的な感情やプライドはかなぐり捨てて、生きのこることが優先だ。

格好悪かろうが、情けなかろうが、とにかく逃げのびなければ、再起を期すこともできなくなる。

「来るぞ！　左前方から二機」

「下から一機。火力支援頼む！」

逼迫する戦況が、報告の声を絶叫に代える。

ミュンツナーらは緊密な梯団を組んで、火力を集中させて敵を近づけないようにしているつもりだが、敵は怯むことなく飛び込んでくる。

狙われるのは最外郭に位置する機だ。並べた防御壁を一機、また一機と引きはがされるようにして、僚機が落とされていく。

「くそっ。やられた。火が、火が！」

「操縦不能。落ちる、落ちる！」

無線にのって、同僚たちの悲鳴が飛びかう。

そして、ミュンツナーも生死の境に立たされるときがきた。

一段とエンジン音を轟かせて急接近してくるスピットファイアがいる。防御の七・九二ミリ弾をたくみにすり抜け、速力を鈍らせることなく近づいてくる。

非常に無駄のない動きだ。銃撃を一つ二つかわされても、そこで不用意に機体の背面を向けたりすれば、そこに追撃を浴びせたりすることもできるのだが、そういったチャンスはまったくない。

隙がなく、殺気に満ちた動きと言える。

間違いなく、敏腕のエース・パイロットに違いない。

（来る！）

喉は干上がり、切迫感に全身の毛が逆立つ。鼓動が高鳴り、脈打つ血液が逆流するように身体を刺激する。

ミュンツナーは大きく両眼を見開いた。

高速回転するプロペラに威圧感を覚え、急拡大する敵機の機首は、人を襲おうと口を開けた鮫のように見えた。

一九四二年一月二八日　キール

巡洋戦艦『シャルンホルスト』は僚艦『グナイゼナウ』とともに、投錨したまま動かなかった。

こう無為に港内を見おろすようになってから、もうどれくらいの日数が過ぎただろうか。

『シャルンホルスト』艦長クルト・ホフマン大佐は、憮然とした表情で息を吐いた。

「まだ、しばらくかかりますね」

「そのようだな」

副長フリードリヒ・ハフマイア中佐に、ホフマンは諦め顔を向けた。

ドイツ海軍には、精強な機甲師団をはじめとする陸軍部隊をイギリス本土に運ぶという重要任務が控えていた。

その実行には制海権の獲得が必要だが、その前提として制空権の獲得という必要条件もある。

空からの脅威があるうちは、制海権の獲得はおぼつかないし、仮に制海権をとったにしても、輸送船が不意の空襲で沈められたら、意味がないからだ。

だが、その制空権獲得がどうもうまくいっていないようだ。

ドイツ海軍はリスク分散の意味も含めて、艦隊を一カ所に集中させずに、各地に分散配備している。バルト海に面したドイツ北部のキールは平穏なものの、フランスのロリアンあたりには敵機がしばしば出没しているらしい。

それでは、艦隊を集合させて作戦開始といくはずがない。

そもそも、ドイツ海軍は再建半ばでこの戦争を迎えているため、イギリス海軍と比べれば戦力的に劣勢は明らかで、かなりの好条件を整えないことには難しい作戦なのである。

「天候が落ちつくころまでに、なんとかなればいいがな」

期待も込めた言葉だったが、ホフマンの本心としては難しいだろうという思いが、半分以上を占めていた。

空軍とて、けっして手を抜いてやっているわけではあるまい。全力を投じてうまくいっていないものが、作戦方針を多少変えたところで、突然うまくいくと考えたほうが、無理がある。

冬の季節、北の海は荒れる。

わずか三四キロメートルという、海峡としては狭いドーバー海峡だが、それでも渡河の感覚ではとても渡りきれない。

いかに強力なドイツ戦車といえども、海上では振りおとされないことを祈るだけの憐れな存在にすぎないのだ。

だから、基本的に海を渡るのは、春以降と考えるのが普通である。

ところが、その春までに制空権をとれるのかどうかとなれば、ホフマンには怪しいとしか思えなかった。

イギリス本土上陸作戦——通称「アシカ」作戦の実行には黄信号がともっていた。

イギリス本土を目前としながらも、ドイツ軍は足踏みをしたまま動けなくなっていたのである。

一九四二年二月三日　北アフリカ

M11／39中戦車の残骸が、砂に埋もれつつあった。

灼熱の日差しと荒涼とした砂漠——それが北アフリカ戦線の舞台である。

民間人の居住は少なく、市街地らしい市街地も稀でしかない。

従って、作戦立案は自由で、作戦行動に支障となる要因はあまりない。

純粋に軍と軍とがぶつかり合う現代の陸戦では、極めて珍しい戦線だった。

北アフリカ戦線は、イタリア軍とイギリス中東方面軍との戦いだった。

キレナイカ——後のリビア東部を植民地としていたイタリアは、この地域の中核であって戦略的な要衝でもあるエジプトを手中にすべく東進した。

エジプトを押さえれば、東欧方面から南下する軍との合流も可能となり、中東ひいては西アジアへの進出も視野に入ってくる。

それは、さらに西進してくる日本軍と、インドで共同作戦を張るという全地球的規模の壮大な作戦にもいきつく。

インドは歴史的に見ても、イギリスにとって最大の植民地であって、最大の搾取地である。

イギリスからインドを奪うことは軍事的、地理的メリットのみならず、イギリス連邦の継戦能力や力の源泉そのものを削ぐことにもなるのである。

話をエジプトに戻す。

エジプトを奪うことは、同時にアレキサンドリアなど地中海におけるイギリス海軍の拠点を奪うことにもなるため、イギリス海軍の活動を封じ込め、地中海の制海権獲得にも寄与できる。

そうなれば、イタリアの最高指導者であって、統帥《ドゥーチェ》を名乗るベニート・ムッソリーニの悲願でもあるマーレ・ノストラム（我が海）――地中海の内海化が現実のものとなるのである。

また、スエズ運河の占領はイタリアの艦隊が地中海のみならず、インド洋方面へうって出ることも可能とする。

逆に言えば、イギリス海軍ははるか遠く、アフリカ大陸南端の喜望峰をまわらねば、インド洋への進出が叶わなくなるということになる。

つまり、エジプト方面のイギリス軍を駆逐して、同方面を手中にすることは、単に周辺地域の優勢を確保するばかりではなく、対米英戦を広く優位に進められることを意味する。

エジプトの持つ戦略的価値は、それだけ高かった。

しかしながら、それはイタリア軍にとってのみのことではない。むしろ、イギリス軍にとっては、アジア方面への連絡路が断たれるかどうかの瀬戸際の課題であって、切迫感はより強かったといえる。

北アフリカ戦線での敗北は、アジアの全権益の喪失につながりかねない。それは、イギリス連邦全体の衰退をも招くだろう。

だから、イギリス軍は士気、戦意ともに高かった。現地で招集のエジプト兵も、自分たちの土地を守ろうと勇敢だった。

エジプトへ攻め込んだイタリア軍は、すぐに押しもどされ、東に向かうどころか、じりじりと西へ後退するだけだった。

イタリア軍はイギリス領を奪うどころか、逆に自国の勢力範囲を守ることすらおぼつかなかったのである。

これは、士気や戦意という精神面以外に、イタリア陸軍の準備不足とともに、地中海東部の制海権をイタリア海軍が掌握できていないことが挙げられた。

ジブラルタル海峡を通過して、イギリスの輸送船団は続々と地中海を横断してきた。

イタリア艦隊はそのイギリスの海上補給路を断つことができず、持久戦に持ち込むこともできなかったのである。

一九四二年二月四日　アルジェ沖

わずかに曳かれていた航跡が、波間に消えた。

U―331艦長ハンス・ディーゼンハウゼン中尉は、「潜望鏡下げ」の指示を出して、グリップを折りたたんだ。

苦境に立つイタリア軍を見て、盟邦ドイツが目を逸らすはずがなかった。それぞれの最高指導者ベニート・ムッソリーニとアドルフ・ヒトラーの関係性は強固なものであったし、純軍事的にも北アフリカ戦線はドイツ軍にとって放置できない重要戦線だった。

イタリア軍を見殺しにすれば、イギリス軍はさらに勢いづく。イギリス本国制圧に手間取るドイツにとって戦力分散は痛いが、それによって崖っぷちに追い込んだはずの敵に押しもどすきっかけを与えるわけにはいかなかった。

アジア方面への入り口としての、エジプトの地理的な価値も見逃せない。

それに、イギリス本土上陸作戦に目途がつかないうちは、陸軍には余力がある。

そこで、手始めに二個師団規模のアフリカ軍団を新設して派兵することが決定された。

それに先んじて、すぐに動ける海軍は積極的に地中海に進出して、イタリア海軍を援護せよとの総統命令が通達された。

ディーゼンハウゼンらは、その先兵として地中海に入って暴れていたのである。

しかしながら、苦戦する地上戦と同様に、潜水艦戦もけっして楽なものではなかった。

ディーゼンハウゼンは地中海に入って早々、ジブラルタル沖でクイーン・エリザベス級戦艦『バーラム』を雷撃で撃沈するという大戦果を挙げたが、それによって敵はUボートの地中海への進出を悟り、対潜水艦戦の準備を進めたという影響もあるだろう。

ディーゼンハウゼンが地中海へ進出した当初に比べて、敵の警戒レベルは格段にあがり、それは今なお日増しに高まっていた。

ディーゼンハウゼンは舌打ちした。

「潜航する。深度七〇。(いい獲物なのだがな)」

発見したのは、一〇隻前後の輸送船団である。

エジプトあるいはマルタ島方面への補給物資を満載しているに違いない。

Uボートからすれば、よだれがでそうな獲物であるが、護衛には確認できただけでも、四隻の駆逐艦がいる。

U―331一隻で仕掛けるには、あまりに無謀な相手である。

これでは、浮上して砲撃するどころか、浅深度からの雷撃もできやしない。

たちまち敵駆逐艦に捕捉されて、袋叩きにされた挙句に、暗い海底へ送り込まれるのが目に見えている。

（焦るな。今はまだ我慢だ）

ディーゼンハウゼンは自分に言いきかせた。

一応、日没を迎えたとはいえ、まだ海上には昼の光が残っている。明るいうちに行動を起こすのは厳禁だ。

日の光が完全に失われ、夜の帳が下りれば、敵に発見されるリスクは軽減される。

そうなれば、襲撃のチャンスもめぐってくるかもしれない。

ディーゼンハウゼンは両腕を組んで瞑想した。

「大局を見誤ってはならない」との文言が、ふと脳裏をよぎった。目の前の状況判断も重要だが、それとともに、より戦略的な状況判断も必要だと、ディーゼンハウゼンは考えていた。

地中海の制海権が混沌とした今の状況ならばまだいいが、今後敵が優勢になれば、自分たちは行き場を失う。

スエズ運河を押さえられ、ジブラルタル海峡を封鎖されれば、自分たちは袋の鼠と化して駆りたてられる憐れな存在でしかなくなるのだ。

今後、状況が悪化していくならば、地中海からの脱出という選択肢も的確に選ばねばなるまいと、ディーゼンハウゼンは考えた。

北アフリカ戦線および地中海をめぐる戦いは、一進一退の様相となりつつあった。

一九四二年二月一八日　マニラ湾

エジプト占領、スエズ運河奪取と日独伊の相互支援確立という壮大な戦略的目標が見とおせないなかだったが、日本軍は足元を固めるのに余念がなかった。

「喉元に刺さっていた棘も、ようやく外れたか」

西太平洋方面で唯一残っていた敵が白旗を掲げるのを、日本海軍大佐松田千秋は戦艦『日向』の艦上から見届けた。

昨年四月の対英開戦以来、日本軍は東南アジア方面のイギリス領――ボルネオ、スマトラ、マレーなどを次々と占領し、対米戦突入後も同方面の敵性勢力の排除に努めた。

敵も必死の抵抗をはかったが、アメリカ領グアムは三日ともたずに陥落し、マニラを母港としていたアメリカ海軍アジア艦隊とイギリス、オランダ、フランスの残存艦隊も、押しよせる日本海軍の敵ではなく、海戦を重ねるたびにすりつぶされるようにして消滅した。

その結果、唯一残ったのが、フィリピンに駐留していたアメリカ陸軍極東方面軍だった。

総兵力一〇万強のそれは、上陸してきた日本陸軍相手に幾度も泡を吹かせながら、戦略的な後退を重ねて、徹底した持久戦略を貫いた。

最終的にはルソン島中西部のバターン半島、その突端にあたるマニラ湾西部のコレヒドール島に立てこもって、頑強に抵抗したのである。

応戦に手を焼き、攻略失敗を重ねる陸軍に業を煮やして大本営——陸海軍統合の最高戦争指導会議は、艦隊の投入を決断して、その攻略を急がせた。

ゆえに、松田はここにいる。

南シナ海海戦とマーシャル沖海戦の二大海戦を『日向』艦長として戦った松田に、このフィリピン攻略戦でも白羽の矢が立ったのである。

南シナ海海戦では水雷戦隊と共同でイギリスの巡洋戦艦『リパルス』を、そしてマーシャル沖海戦では単独でアメリカ戦艦『ネバダ』を撃沈しつつ、『日向』はいずれも大きな損害を受けることなく、生還してきた。

特に、アメリカ太平洋艦隊との激戦となったマーシャル沖海戦を、『日向』はほぼ無傷で切りぬけて、関係者一同を驚かせるとともに、賞賛を浴びたのだった。

この戦歴から、いつしか日本海軍内では『日向』を幸運艦と呼ぶようになったのだが、それを松田は喜ぶどころか、逆に両目を吊りあげて否定したという。

「本艦が確たる戦果を挙げて無事に帰還したことを、運が良かったからだと解釈するとは何事か！

本艦の乗組員に失礼ではないか。

本艦の戦歴は乗組員一人一人の血と汗と涙の結晶なのである。日頃のたゆまぬ努力によってもたらされた成果である。運が良かった悪かったで論じるなど言語道断」

松田は堂々と胸を張って、そう言いはなったのである。

「幸運を買われて」ではなく、「功績大なることを評価されて」、『日向』には出撃命令が下った。

マーシャル沖海戦で受けた傷が比較的浅かった僚艦『伊勢』とともに、第六戦隊の古鷹《ふるたか》型重巡洋艦四隻と駆逐隊二隻を連れて、『日向』は海上からコレヒドール要塞を圧迫したのである。

水上艦は陸上砲台と撃ちあってはならない――絶対的不利を表す定説に逆らっての行動だったが、圧倒的な火力の差は、その定説を覆した。

コレヒドール要塞に籠城していた敵は、この日ついに、降伏を申しでてきたのだった。

「『高いところから失礼します』とは、まさにこのことだな」

松田の下で方位盤射手を務める池上敏丸特務少尉は、得意げな笑みを見せながら眼下を見おろしていた。

方位盤射手の仕事場は、射撃指揮所である。

射撃指揮所はより遠くを見渡して測的できるよう、可能な限り高所に設置するのが望ましい。

従って、戦艦の射撃指揮所はその艦の一番の高層建築物となる前檣楼の最上層に設置されるのがふつうである。

だから、池上は『日向』の数多い乗組員を足元に置いて、それこそ艦長すら差しおいて、最上階から高みの見物をしていたのである。

気分が悪いはずがない。

自分たちはここまでしぶとく食いさがっていた敵に、最後通牒を突きつけて屈服させた。

その中心を担ったという自負もある。それとともに、池上にはここで胸を反らせる個人的な感情もあった。

(どうだ。三矢、土井《どい》よ。見せたかったな。俺の活躍を)

池上の心の声は、海兵団同期の二人へ向けてのものだった。

三矢とは重巡『熊野』方位盤射手三矢駿作兵曹長、そして土井とは戦艦『陸奥』飛行隊班長土井聡《さとる》特務少尉のことである。

三矢は所属する戦隊が損傷修理などで揃わずに出撃見あわせとなっていたし、土井も所属する戦艦『陸奥』がマーシャル沖海戦で負った痛手から回復しきれずに、作戦参加を見送られている。

（それにひきかえだ）

池上は鼻を鳴らした。

『日向』の三五・六センチ連装主砲塔が、陽光を浴びて鈍色の光沢を放っていた。

『日向』は重量感溢れるこの主砲塔を六基も備えている。

自分はその六基すべてをもって、敵が立てこもる要塞を砲撃で脅かし、かすかに残っていた敵の継戦意欲をなぎ払った。

極論を言えば、敵を降伏に追い込んだのは、ほかでもない、この俺だ！　と、池上の自尊心は最高潮に達した。地団太を踏む二人の様子が、目に浮かぶようだった。

競争意識の強い池上にとっては、任務や戦略目的の達成以上に、二人に「勝った」思いが重要だった。

池上の自意識過剰は別として、こうして当面の敵はいなくなった。

日本は西太平洋および東南アジア方面に、覇権を確立したのだった。

一九四二年五月一八日　瀬戸内海

雲ひとつない澄みきった青空と爽やかな潮風は、戦艦『大和』の新たな門出を祝うかのようだった。

「敬礼！」

艦長高柳儀八大佐の号令一下、登舷礼でずらりと並んだ乗組員が一糸乱れぬ姿勢で、新たな主《あるじ》を迎えいれた。

踵を揃える音が響く。背筋を張り、指先までぴんと伸びた敬礼を見せる男、男、男……濃紺の第一種軍装に身を包んだ二五〇〇名あまりの海軍将兵が並ぶ様は壮観だった。

『大和』は日本海軍最大の艦であって、定員数も最大となる。長く日本の誇りと言われて長門型戦艦ですら定員は一五〇〇名に満たない。

それを一〇〇〇名も上まわる『大和』は、別格であって圧巻だった。

先端は霞んで見えないのではないかと思われるほどの、弓なりに長く突きだした艦首から、ひとつひとつが堅固な要塞にも見える主砲塔、丈高い艦橋構造物、後傾斜した煙突と三本のメインマスト……それらで構成された巨大な『大和』の艦体も、このときばかりはその大きさを感じさせなかった。

平時ならば、軍楽隊の盛大な演奏がこの場を華やかに彩ったのだが、戦時ということで、そうした演出は自粛されている。

しかし、それがまたこの場を厳粛なものとして、なお一層の緊張感をもたらしていた。

乗組員の目は右舷に向けられている。

海軍では左右ある舷梯の使用も、階級によって厳密に定められている。

下士官以下は左舷、士官以上が右舷である。

右舷舷梯を昇ってきた主一行——連合艦隊司令長官嶋田《しまだ》繁太郎《しげたろう》大将以下連合艦隊司令部の面々が、ついに『大和』の最上甲板に足を踏みいれたのだった。

そう、日本海軍の新たな象徴となるべく建造された『大和』にとって、連合艦隊旗艦を務めるのは義務であり、既定路線だった。

『大和』は五ケ月に渡る慣熟訓練を終えて、正式に連合艦隊に編入され、即日連合艦隊の旗艦を任じられたのである。

（いよいよだ）

副長兼砲術長黛治夫中佐は、これまでにない高揚感に顔を紅潮させていた。

一瞥したメインマストには、八条旭日の大将旗が翩翻と翻っていた。

今日、この瞬間から、本艦はこの大将旗を翻しながら、その誇りと責任を胸に戦っていくことになる。

それは、海軍全体はおろか、日本という国家を背負って戦っていくに等しい。

それにふさわしい艦として、本艦は造られた。世界のどこへ出ていっても、どんな敵が向かってこようとも、本艦は止まらない。本艦を阻むものなど存在しない。

圧倒的な攻防性能で問題視することなく、敵艦を一方的に葬る無敵の不沈艦として本艦は建造された。

その本艦が戦場に出るときが、ついにやってきたのだ。

この『大和』の四六センチ砲は、自分が必要性を主張して搭載が決まったものだ。

それが実現したばかりでなく、その指揮を任された自分は幸運だ。そして、竣工から五カ月間、部下とともに自分はその習熟に努めてきた。

その成果が問われるときが来たのだ。

それが吉と出るか凶と出るか、どちらにしてもその責任は自分自身で負うこともできる。

（武人の本懐、これに優るものなし）

黛は身の引きしまる思いだった。重責だとは思う。だが、それを重責だ、重圧だ、と感じるのではなく、黛はこうした立場にあることに、誇りと喜びすら感じていた。

戦場は甘くない。

完全無欠に造ったつもりの『大和』といえども、まったく何事もなく済むとは、黛も思っていない。この乗組員のうち、何人かは確実に死ぬことにもなるだろう。

自分も初陣であっさりと戦死しないとも限らない。

しかし、黛は自分の生死はともかく、『大和』にみっともない戦いをさせるわけにはいかないと考えていた。

敵状に関わらず、『大和』の力は存分に引きださねばならないと。それが自分に課せられた最低限の仕事なのだと、黛は自分に再確認した。

（待っていろ。米軍！）

『大和』は連合艦隊旗艦としての一歩を踏みだした。

血なまぐさい戦場が『大和』を待つ。

波は荒れ、風は巻く。

期待どおりの、いや期待以上の働きをしてみせると、黛はじめ二五〇〇名の男たちは、気持ちを新たにしていた。

# 第三章　『大和』初陣

一九四二年六月二五日　トラック環礁

連合艦隊旗艦『大和』が、前線拠点であるカロリン諸島東端のトラック環礁へ進出した。

「でかいな。これが噂の」

重巡洋艦『熊野』方位盤射手三矢駿作兵曹長は、隣に投錨した『大和』を見あげて、感嘆の息を吐いた。

トラック環礁は連合艦隊の全艦艇を収容しても、なお余裕のある広さで、環礁内で空母が艦載機の発着艦訓練を行えるほどだが、暗礁もあって大型艦の停泊場所は決められている。

今、『熊野』と『大和』は環礁内東側に浮かぶ四季諸島・春島の西側にある錨地に投錨して、ひとときの休息を得ていた。

『大和』の存在は竣工後も可能な限り伏せられ、それを知らない兵も少なくなかったが、さすがに連合艦隊旗艦となってからは、海軍内でも公然の秘密となってきている。

三矢もその名と、とてつもない大きさの戦艦が完成したらしいとは聞いていたものの、不思議と『熊野』は『大和』と接触することがなく、実際に目にするのは初めてのことだった。

「これならば五万トンどころか、六万トンも超えていそうだな」

三矢はあまり感情を表に出すタイプの男ではな

いが、鉄砲屋であって新しく大きな戦艦とくれば、興味が湧かないはずがない。

左右の瞳は爛々と輝いて、『大和』の細部を追っていた。

『熊野』は重巡であって、艦種でいえば戦艦の次に大きな水上戦闘艦ということになっているのだが、『大和』と比べると大人と子供以上に差があるように見える。

二まわりや三まわりどころか、それ以上に大きさが違うように見え、『大和』を戦艦とすれば『熊野』など駆逐艦程度にしか見えなかった。

三矢の持ち場は『熊野』でもっとも高所にある射撃指揮所であるが、『大和』のそれははるか上にあって、覗き込むのも大変なくらいである。

乾舷も高く、ぱっと見では『熊野』の倍はあるように見える。それだけ、海面下の喫水も深いわけだから、艦の容積の大きさが途方もないと計りしれるわけだ。

そして、なんといっても、目立つのは主砲塔の大きさだった。艦の大きさと比較しても、その大半を占有しているかのように見え、もうほとんど山と言ってもいいくらいである。

三連装ということを差しひいても、『長門』『陸奥』の主砲塔よりも明らかに大きく、砲口径は四五センチか、下手をすれば五〇センチ級なのかもしれない。

あれに比べれば、『熊野』の二〇・三センチ砲など豆鉄砲でしかない。

とにかく、なにもかもが破格なのだ。

それでいて、別に感心することもあった。

『大和』にはもちろん、力強さを感じる。しかし、その一方でごつごつとした無用な詰め込み感はない。

人間にあてはめれば、空威張りのような印象がないのだ。

弓なりに反った艦首から、複雑な曲線を描く最上甲板は流麗で、艦上構造物は艦の中央に機能的にまとめられている。

上構ひとつひとつは十分大きいのだが、艦体がそれ以上に大きいので、主砲塔を除けば、それらはさほど大きく感じられない。

前後にバランスのとれた艦容は、とても美しかった。

フランス人の感覚では、軍艦といえども外観は優先すべき必要な項目であって、その前提で建艦設計も行われるのだが、『大和』はそうではない。

必要なものを適切に配置した結果が生んだ構造美や機能美と呼ぶべきものだった。

「新時代の到来。新世代戦艦の登場か」

三矢は期待混じりにつぶやいた。

『大和』の編入で、日本海軍の戦力は格段に向上したのが事実である。

しかし、敵も黙ってはいないだろう。自分たちが『大和』を造ったように、敵も新型戦艦を造っていたであろうことは、まず間違いない。

次の戦いは、また違った戦いになるに違いない。場合によっては、マーシャル沖海戦を凌ぐほどの激戦になるかもしれないと、三矢は思った。

三矢ははるか上にある『大和』の射撃指揮所を再び見あげた。

（そのうち、自分もあそこへ）

三矢は内に秘めた炎を静かに燃やしていた。『大和』の主砲を扱い、その発砲の引き金を絞る。その自分の姿を三矢は重ねみていた。

それは夢であり、希望であったが、そう遠くない将来のことのような気がした。

その晩、半舷上陸を許された三矢は同期の二人——戦艦『日向』方位盤射手池上敏丸特務少尉と戦艦『陸奥』飛行隊班長土井聡特務少尉と酒席をともにした。

トラック基地は日本海軍にとって、海外最大の拠点であるため、そうした店にも事欠かない。なかには、内地の有名店の分店もあるほどだった。

仕事の話はやめようと言っても、軍人であって戦時となれば、私的で自由な時間などほとんどない。

それに、この三人で集まれば、話題は必然的に仕事の話でしかなかった。

「近いな」

「ああ」

池上に三矢は呼応した。近いというのは、作戦決行のときが近づいてきているということだ。

トラックには連合艦隊の主力を成す戦隊が次々と集まってきている。内地を空けて南洋に来ている意味は、ひとつしかない。

ここから新たな作戦が発動になるということである。

「連合艦隊旗艦まで来たんだ。もう秒読みなのだろうな。本気度を感じたよ。あれからは」

「本気度を感じた? 貴様、『大和』を見たのか?」

「ああ。うちの艦の隣に停泊したからな。別に見ようと思わなくても……」

「なにい。この羨ましい奴め」

池上は三矢の腕を引っぱった。白い歯を覗かせ、両目は星のように輝いている。

鉄砲屋ならば、『長門』『陸奥』を凌ぐ新型戦艦に興味が湧かないはずがない。

池上もいつか『大和』をしげしげと観察したいと思っていたのである。

しかしながら、池上の乗る『日向』もなかなか『大和』といっしょになる機会がなかった。

『日向』は開戦以来、引っぱりだこであって、『大和』は本土近海で慣熟訓練に明け暮れていたからだ。

それを『熊野』はなんという幸運か。ましてや、隣に錨を下ろすなど、これ以上ない条件ではないか。

「どうだった。『大和』は。もったいぶらないで教えろよ」

「でかかったけど」

「そういう話ではなくてだな！」

池上は三矢の身体を揺さぶった。両肩を掴んで、前後に揺する。もう、新発売の玩具をめぐる子供のような様子だった。

「まあ、それはいいとしてだ」

はしゃぐ池上とは対照的に、土井は冷静だった。航空はまだまだ発展途上で、海戦の主役を戦艦から奪うほどには至っていないと理解はできているが、土井が航空に生きているということには変わりはない。

「不沈艦だ」「最大最強の無敵艦だ」などとうかれる鉄砲屋と違って、『大和』に対する興味はほとんどなかった。

実は『陸奥』は『大和』と同じ連合艦隊司令部直属の第一戦隊に属しているため、『大和』を見る機会など、いくらでもあった。

三人のうち、『大和』をもっとも目にしていたのは、実は土井だったのだが、あえてそのことは口にしなかった。

「うって出るぞ。今度は」

「おっ。さすが少尉殿。情報通ですなあ。我々にはおよびもつかない……」

「そんなふざけているから駄目なんだ」

土井は冷ややかな視線を池上にあてた。

「常に集中力をもって周囲に聞き耳を立てる。一字一句漏らさず、情報はすべて取り込んで、自分なりに解析する。

そうすればだな。たいていは見えてくるものだ。それを『大和』だの、でかいだの、うかれているから」

（始まったよ）

今度は三矢と池上が呆れる番だった。

土井は口数が非常に多く、頭も切れる。悪い奴ではないが、相手を論破するのに生きがいを感じるような男だ。下手な言い争いをしても、喝破されるのは目に見えている。

ここは、嵐が過ぎさるのを待つのが賢明だ。

「攻勢に転じるとして、それが問題だ。国力で劣る日本は同じ土俵で戦っては勝ち目がない。革新なくして戦勝なし。その核心が航空となるべきなんだ」

そこで、三矢と池上は顔を見あわせた。今度は二人揃って土井を見つめ、首を左右に振る。

この半世紀以上に渡って、海戦を制する者は、より大きな船に、より大きな砲を積んできた。

すなわち、海戦の雌雄を決するのは戦艦どうしの砲戦であって、より大きく、より強力な戦艦を持つ者が、海上を支配できた。

それは、今なお厳然とした事実なのだ。

そうした眼差しの二人に、土井は口ごもった。

「……ま、まあいい」

「それでは、どこを攻めるんだ。ハワイか？　豪州か？」

「ふふん」

　土井はもったいぶった。せめてもの反撃だった。

　顔を寄せろと手招きして、囁く。

「ソロモンらしいな。連合艦隊司令部の参謀が話しているのを聞いた。たしかだ」

「ソロモン？……」

　ぴんときていない池上に代わって、三矢が継いだ。

「豪州の北東だったか。ニューギニアの先だな」

「そ、そんな辺境地をとってどうする。逆方向だろうが。マーシャルから見て、だいぶ南だろう？」

　池上は訝しげに顔をしかめた。

「ハワイを直接叩くのが無理としたら、せめてミッドウェーあたりを奪って、敵を圧迫するという方法もあるだろうに」

「ソロモンが主目的ではない。大本営の目が向いているのは、さらにその先……フィジーやサモアあたりか？」

「私もそう思う」

　三矢の推測に、土井は同意した。

「これはその方面にいる敵の排除や占領が目的ではない。豪州を孤立させることが、真の目的のような気がする」

　三矢と土井の予測はあたっていた。

　大本営は米豪遮断作戦の開始を決定した。

　米英を直接屈服させるのは、少なくとも短期的には困難なため、まずはオーストラリアの脱落を目指そうというのである。

　オーストラリアを降伏させれば、イギリス連邦に大きな打撃を与えることになる。イギリス軍の太平洋方面での活動を封じ込めることができるし、海軍の重要拠点であるトラックやパラオが南から脅かされることもなくなる。南方資源地帯の安全も確保できる。
海軍はFS——フィジー・サモア作戦を決行した。その一歩がオーストラリアの北東に浮かぶソロモン諸島の確保だったのである。

一九四二年七月二五日　ソロモン海

FS作戦は順調に滑りだした。

英豪軍の抵抗はなく、日本軍はソロモン諸島最大の島であるガダルカナル島に上陸して、飛行場建設を開始した。

航空隊は攻勢戦力としては物足りないが、その速力と航続力は水上艦艇とは比べものにならずに魅力がある。

まずは航空隊を進出させて、哨戒網を張る。それによって、敵の動きに目を光らせつつ、徐々に戦力を増強する。

足場固めをはかるとともに、さらなる前進を窺うという基本方針である。

設営にあたった軍人軍属合わせて二六〇〇名弱の設営隊の献身的な働きによって、未開の島が軍事拠点になろうとしていた。

うっそうと茂った密林を切りひらき、樹木を伐採して整地する。

しかし、この動きは現地民に紛れていた諜報員から、アメリカ軍の知るところとなった。

まさに飛行場が完成したところで、大挙アメリカ軍が襲ってきたのである。

日本軍にも油断があった。あまりにあっさりと事が運んでいたことで、ガダルカナル島にいたのは非戦闘員ばかりで、それらは降りそそぐ艦砲射撃や銃撃に、泡を食って逃げまどうだけだったのである。

　完成した飛行場は占拠され、ガダルカナル島は瞬く間にアメリカ軍に占領されたのだった。

　単縦陣を組んだ艦隊が、一目散に東へ向かっていた。

　夕日を背に白波を蹴立ててきた艦隊はいつしか闇に溶け込み、白い航跡だけが洋上に見えていた。

　三川軍一《みかわぐんいち》中将率いる第八艦隊である。

　ガダルカナル島——略称ガ島の設営隊から、「我、敵襲を受く。敵猛爆中」との緊急信を受け、ニューギニアの東に浮かぶニューブリテン島東端のラバウルに待機していた第八艦隊は、ただちに抜錨して駆けつけてきたのである。

　三川の表情は硬かった。

　三川は第八艦隊の司令長官として、ＦＳ作戦の先鋒を任されている。

　ガ島を含むソロモン方面への進出は、ＦＳ作戦という大戦略のほんの始まりにすぎない。

　そんなところで躓《つまず》いたのでは、腹を切って詫びるしかない。

　なんら問題なく進んでいると思われていた作戦が、突如暗転した。

　こんなことならば、ガ島周辺に多少の戦力を張りつかせておけばよかったと思ったが、後の祭りだった。

　ガ島には戦闘員と呼べる者などほとんどいない。敵の最初の一撃で全滅したか、運が良くても全員捕虜になったかのどちらでしかないだろう。

　そして、ガ島および周辺の制海権が敵の手に落ちたことは、まず間違いない。

　この方面に危険はないという自分の勝手な思い

込み――自分の判断ミスに、敵はまんまと付けこんできた。

敵は虎視眈々と襲撃の機会を狙っていたのだろう。

「しかし、人が造ったものを、完成するまで待ってからかすめとるとは、なんと卑怯な。けしからん！」

第八艦隊首席参謀神重徳《かみしげのり》大佐が吐きすてた。

たしかに、そのとおりだが、戦争に卑怯もなにもない。逆に言えば、それだけ敵は鮮やかだったのだ。

これを見過ごすことはできない。ソロモンでの足踏みは、FS作戦全体の遅滞に行きつく。

ソロモンでの敗戦は、FS作戦の頓挫すら招きかねないのである。

このように事態を重く見た第八艦隊司令部は、準備もそこそこに出撃できる艦艇だけをかき集めて出てきたのである。

神の強い進言のためである。

三川としては、ガ島の詳細を確認しつつ、その間に多少なりとも準備を整えて、と考えていたのだが、神は「時間の浪費は勝機を逃す。突撃、殴り込み、あるのみ。それがまた、敵の意表を衝いて勝機を呼び込む」と雄弁に語って譲らなかった。

「ここは一歩も退かぬ我々の覚悟を見せつけるべきです。さすれば、敵は怯んで後退するに違いありません」と、神は強硬に主張したのである。

現在の戦力は三川が将旗を掲げる重巡『鳥海《ちょうかい》』以下、第六戦隊の重巡『青葉《あおば》』『衣笠《きぬがさ》』『古鷹』『加《か》古《こ》』、それに軽巡『天龍《てんりゅう》』『夕張《ゆうばり》』、駆逐艦『夕凪《ゆうなぎ》』である。

三川にとっての不安材料は、自分たちのこともさることながら、敵情が不明だということだった。

敵が二個駆逐隊程度の小艦隊なのか、巡洋艦戦隊を二、三隊束ねた、そこそこの艦隊なのか、で本当はぶつける戦力をそれ相応に用意せねばならない。

戦術もそれ相応ということもある。

それが、まったくのノー・プランだったのである。

しかし、神はまったく心配していなかった。

「なに。敵は威力偵察のつもりで来たのかもしれません。不覚にも我が軍が油断した。その隙を衝かれただけのことでしょう」

「なら、いいがな」

「もし、敵がそこそこの戦力だったにしても、敵も我々がここまですぐ出てくるとは思わんでしょう。ガ島に殴り込んで蹴散らすだけです！」

神は傲然と胸を反らせた。

「あたふたする敵を撃って撃って撃ちまくる。それで、鎧袖一触。我が軍の大勝利間違いなしです」

根拠のない自信に、神は呵々と笑った。

こんな辺境の地を奪いかえすために、敵がわざわざ大兵力を繰りだしてくるとは思えない。ちょっと強く出れば、敵は慌てて退いていくだろう。

神は楽観的に考えていた。

ＦＳ作戦が持つ戦略的な意味合いと、そこでのソロモンの位置づけ。その重要性を神は理解していなかった。

第八艦隊は北西からガ島に近づいていく。

「サボ島を目標に、反時計まわりにまわりつつ、ガ島北方の敵を叩く。戦闘は一航過のみとする。在泊の敵を撃滅し、速やかに離脱する」

三川は命じた。

即時出撃と引きかえに、神に提示させた妥協策だった。

これが、三川の精一杯のリスク管理だった。

もし、敵が優勢だった場合、危険な海域にいつまでもとどまっていては、袋叩きにされかねない。

そこで、三川は良くても悪くても、高速で戦場を横切りながら、叩ける敵だけを叩くという戦術に徹することにしたのである。

たしかに、その思惑どおりにいけば、危険に晒される時間は最小限のものとなる。

「総員、戦闘配置！」

第八艦隊は臨戦態勢に入った。

もう、いつ敵と遭遇してもおかしくはない。突然、発砲の閃光が闇を切りさいたり、「雷跡！」という見張り員の絶叫が響いたりしても、不思議ではない。

各艦との砲塔や発射管で担当の者たちが緊張した面持ちで、攻撃開始の指示を待つ。

先手必勝とはよく言うが、特に夜戦ではいったん守勢にまわってしまうと、挽回するのが難しい。

「電探に感あり。右舷前方」

「見張り員に先がけて」

『鳥海』艦長高橋雄次《たかはしゆうじ》大佐がつぶやいた。

電探——正式名称「電波探信儀」、ドイツ式に言うラダールの有用性は、これまでの戦訓からも報告されている。

特に戦艦『日向』艦長松田千秋大佐からは、「夜間砲撃の測的手段としても機能せり。さらなる検討と改良を望む」と、有効性を評価する報告が挙がっていたのである。

これを受けて、日本海軍は順次大型艦から電探の搭載を始めていた。

第八艦隊では旗艦『鳥海』について、ほかに先がけて電探が設置され、早速それが役立ったというわけだ。

高橋の声には、時代が変わったのだという感嘆が含まれていた。

夜戦は日本海軍の十八番であるが、それは驚異的ともいえる暗視能力を持つ見張り員に支えられたものだった。

昼間でも暗室にこもる特別な訓練を受けた見張り員は、常に敵に先んじて目標を発見し、先制攻撃による勝利をもたらしてきたのである。

それが覆されたことは、大きな変革だった。

この海域に味方の艦艇はいない。中立国の船もいるはずがない。

船がいるとすれば、一〇〇パーセント敵と見るべきだ。

見張り員が続く。

「敵です。右舷前方に一隻。駆逐艦らしい」

緊張が極限に達した。

「攻撃しますか？」

高橋が即座に反応した。

駆逐艦一隻程度ならば、一斉射撃すればすぐにでも片づけられる。通報されたりしないうちに沈めてしまったほうがいいというのが、高橋の意見だったが、三川の考えは違った。

「敵は一隻と言ったな。警戒役が湾口で見張っていたのだろう。その動きに変化は？」

「ありません。そのまますれ違います」

「よし」

見張り員の返答に、三川は断を下した。

「ならば、このままやり過ごせ。敵の本隊はこの奥だ。ここで下手に自分たちの存在を暴露する必要はない」

『鳥海』以下は、息を殺して進む。

「敵駆逐艦、遠ざかっていきます」

見張り員の報告に、高橋は安堵の息を吐いた。

もし近距離で雷撃でもされたら、とおそるおそるだったが、敵はまったく自分たちに気づくことなく去っていったのだ。

三川の狙いは、ひとまず成功した。第八艦隊は敵の目をかいくぐって、敵性海域に侵入したのである。

あとは、この先にいるであろう敵の主力を叩いて、速やかに帰投するのである。

「左舷にサボ島。正面にガ島」

三川や高橋には見えていないが、暗視能力に優れた見張り員は、洋上に出現した黒い影を見出したらしい。

敵は近い。

不気味に洋上は沈黙している。聞こえるのは艦首に砕ける波の音と、甲板上を吹きぬける風の音だけだ。

「いました。正面に二隻……大小います」

三川は顔を跳ねあげた。

恐らく一隻が駆逐艦、もう一隻が巡洋艦だろう。

「砲雷同時戦用意！　大なる目標を甲、小なる目標を乙とする。本艦および第六戦隊、目標甲、ほか目標乙。攻撃開始。突撃、我に続け！」

三川は矢継ぎ早に命じた。

「機関長、出力最大！　砲術長、本艦目標甲。大きいほうだ。準備出来次第、砲撃はじめ」

高橋が命じ、機関のうなりが高まる。足元から伝わる機関音と振動が増し、基準排水量一万一三五〇トンの艦体が加速する。

ダブル・カーヴェチャーと呼ばれる日本艦艇独

特のS字を寝せたような艦首が海面を切りさき、左右に切りたつ波が見る見る高まる。

「主砲、撃ち方はじめ！」

砲術長の指示で、『鳥海』の五〇口径三年式二号二〇・三センチ砲が吼える。

『鳥海』はこの砲を連装五基計一〇門備えているが、正面方向に発砲可能なのは、前部の四門にとどまる。

ただ、それでも夜間だしぬけに閃く発砲炎は強烈だった。

暗い海上に慣れていた目には、まぶしすぎるほどで、多くの者が目を背けたり、手をかざして光を遮ったりして目を守った。

「命中！」

遭遇戦のために距離は近く、射距離は五〇〇〇メートルかせいぜい六〇〇〇メートルという近距離である。

主砲は直射、すなわち砲身を倒した水平射撃であって、砲弾はおもしろいように当たっていく。

目標の二隻はたちまち炎上し、炎の赤い光がガダルカナル島の島影をうっすらと浮かばせていく。

こうなると、砲撃は過剰だった。

炎上したのは重巡『キャンベラ』と駆逐艦『パターソン』だったが、追いうちとなる雷撃はすでに戦闘不能となった二隻の沈没を早めたに過ぎなかった。

そこで、あらかじめ射出していた観測機が、タイミングよく吊光弾を投下した。

突如、海上に真昼のような光が射し込む。

「右舷前方に巡二、駆二」

「目標を新たな敵に変更。砲撃開始！」

『鳥海』と第六戦隊旗艦『青葉』が、素早く主砲塔を旋回させる。

敵も応戦してくるが、その慌てぶりが手に取るようにわかった。

砲撃の距離も方位もばらばらで、あてずっぽうというほかない。

測的がずさんで、とりあえず撃ったという感じがありありだった。

「こんな雑な砲撃など、当たるものか」

神が嘲笑した。

対して、第八艦隊の砲撃は正確だった。

測的をやり直したぶん、多少反応は遅れたが、重巡の二〇・三センチ弾と駆逐艦の一二・七センチ弾は確実に目標を捉えていく。

「ノーザンプトン級のようですな」

火災の炎が映しだす艦容に、高橋があたりをつけた。

短船首楼形の艦体と前後に離れた二本煙突、高さのある前後の三脚式マストは、たしかにノーザンプトン級重巡の特徴だった。

「手応えもない」

神は鼻で笑った。

ノーザンプトン級重巡といえば、ワシントン海軍軍縮条約下で建造された、いわゆる条約型重巡の一種である。

主砲口径、排水量など一定の条件下で、各国が競いあって建造した艦であって、『鳥海』のライバルにあたる艦である。

それがたやすく被弾して炎上する姿を、神は滑稽と見ていた。

「米軍もたいしたことはない」

神は薄ら笑いを見せながら、周囲を一望した。どうだと言わんばかりの顔だった。

「だから、自分が言ったとおりだっただろう」「すべて、自分は正しい。自分が言ったとおりにしたからこそ、こうして勝利が得られた」「第八艦隊は実質的に自分が支えているようなものだ」──そんな傲慢な言葉が並んで見えるような顔だった。

たしかに、ここまでは第八艦隊の圧勝だった。

奇襲的要素が効いて、敵の機先を制したのも事実だった。

しかし、神は敵の本質をわかっていなかった。この背後に潜む巨大な敵に、神は気づいていなかった。

神の「栄光」はほんの一瞬のことで、それはすぐに音を立てて瓦解していったのである。

突然の爆発音が海上を揺るがした。

不吉なものであることは、すぐにわかった。まばゆい光は背中から射し込んだ。つまり、敵が発したものではない。

考えられることは、ひとつだ。

「て、『天龍』、轟沈！」

見張り員の声は裏返っていた。

優勢どころか、一方的に押していたはずの戦いが、一瞬にして暗転した。

動揺と驚愕が表れた声だった。

(それにしても、なにが起きたというのだ)

三川も引きつった表情で、振りかえった。

『天龍』は艦齢二十余年の旧式艦で小さいとはいえ、れっきとした巡洋艦である。それを一撃で沈めるなど、並大抵のものではない。

雷撃か？

この喧噪に紛れて、敵の魚雷艇が闇のなかから突っ込んできたとすれば、ありえない話ではない。

至近距離から放たれた魚雷をかわしようもなく

食らってしまったとすれば、ああなるのもうなずける。

だが、三川の予想はすぐに否定された。

「むっ」

言いしれぬ殺気に、三川は身構えた。

風圧、衝撃波、威圧感……なんらかの要因で、艦が震えたような気がした。

次の瞬間、近傍の海面が消失した。轟音とともに艦が傾き、斜めになる視界を超えて、巨大な水柱がそそり立っていく。

「な……」

「こ（れ）」

「おあ……」

三川も神も高橋も、言葉にならない声を漏らした。

三川はこわばった表情で生唾を飲み込み、神は引きつった顔でなにかを言いかけて固まった。


「こ、これは」

高橋が言葉を絞りだす。

「これは巡洋艦なんかの砲撃ではありません。戦艦です。間違いなく戦艦の砲撃です」

そんなものを食らったら、本艦などひとたまりもありません――血の気が引いた高橋の顔には、そう書いてあった。

『天龍』の轟沈も、魚雷艇の仕業などではなかった。戦艦の主砲弾をまともに浴びたのだ。

そう考えれば、つじつまが合う。

艦齢二二年に達して、老朽化が進んだ小型軽巡からすれば、とうてい耐えがたい苦痛だったことは明らかだ。

それこそ、一撃でばらばらにされても当然だった。

そうしているうちに、重々しい爆発音が海上に轟く。第六戦隊の重巡かなにかが、爆沈したのかもしれない。

「せ、戦艦がいるなど聞いていないぞ！」

神は目を吊りあげて、怒りの声を発した。

敵情不明とわかっていながら、自分が強硬に作戦を決行したことなど、きれいさっぱり神の頭からは抜けおちていた。

「電探はなぜわからなかったんだ。これでは役に立たんではないか！」

これも言いのがれの責任転嫁だったが、事実は事実だった。

神は知らなかった。そして、日本海軍の将兵も大半は気づいていなかった。

夜間や悪天候時に練達の見張り員をも上まわる働きを見せた電探も、こうした島が点在するような障害物の多い場所を不得手とすることを。

基本的に、発した電波の跳ねかえりをひろっている電探は、障害物があれば目標との区別が曖昧となって、機能が大幅に制限されかねないのである。

その悪条件が、ここソロモンには揃っていた。

しかし、それ以上に敵の正体がわからぬまま、無謀に飛び込んでいったつけが回ってきたといえば、それまでだ。

「長官。反転しましょう。作戦続行は不可能です。ただちにこの海域を離脱すべきです。そうでないと」

「いや、それは駄目です！　そんなことをしたら、かなりの混乱をきたし、衝突すらしかねません」

高橋の意見を、神は言下に否定した。海兵四八期の神に対して、高橋は海兵四四期と先輩であって、階級は同じでも先任である。ゆえに口調こそ丁寧だったが、姿勢と態度は横柄だった。

「かといって、このまま進めば全滅です。相手は戦艦です。火力が違いすぎます」

「魚雷があるではないですか。雷撃で牽制しておいて、転進すればいい。そうだ。そうすれば」

神は敵戦艦の出現に戸惑いながらも、当初の計画にこだわった。苦しまぎれの思いつきも、それが正しいと思い込む視野狭窄に陥っていた。

自分の立てた計画を完遂させる。その頑な考えに、柔軟性や必要なときは退くという発想は、欠片もなかった。

むしろ、言っているうちに、戦艦という大物食いすらできるのではないかという夢想にすら、神はとりつかれていた。

神は完全に間違えていた。

アメリカ軍は本気だった。

FS作戦の全貌まではつかんでいなかったが、イギリスとオーストラリアとの関係性から、アメリカはソロモンの地理的重要性を正確に認識していた。

そこで日本軍を撃退するために、アメリカ軍はそれ相応の戦力を送り込んできていたのである。

結果的には、この押し問答が『鳥海』にとって命取りとなった。

味方艦どうしの衝突という神が指摘する危険性は嘘ではなかったが、このときただちに艦隊を反転させておけば、むしろ混乱してばらばらになった艦を、敵は攻めあぐねたかもしれない。

しかし、神は自ら敵につけ入る隙を与えてしまった。

敵が狙いなおす猶予を、みすみす渡してしまった。どちらを採るにせよ、三川が迅速な決断を下して命じなかったことも災いした。

直後、これまで経験したことのない衝撃に、三川らはまとめて弾きとばされた。意識が飛び、身体が宙に舞う。

ある者は海図台に叩きつけられ、またある者は床に力任せに転がされた。

三川は転倒して身体を強打し、しばし呼吸ができなくなった。次いで、激しく咳き込むなかに、鮮血が混じる。

基準排水量一万一三五〇トンの艦体がいったん左舷側に強く振られたと思うと、すぐにうなだれるように沈降しはじめた。

「そ、総員退艦させます」

もはやこれまでと即刻判断した高橋の声は、もはや神の耳には入っていなかった。

三川が同意し、高橋は総員退艦を命じたが、脱出できる者は多くはないはずだった。

艦首方面は奔流となった海水から逃れるのも難しいだろうし、傾いた艦内では艦の深部にいる者は移動すらままならない。脱出できるところまで行きつくのは容易ではないはずだ。

神もなにが起きたのかは悟っていた。

敵戦艦の砲撃によって艦首を失った『鳥海』は、前のめりに沈みかけていた。

敵弾は右舷から左舷へ向かうようにして、『鳥海』の艦首をもぎとった。

錨甲板あたりで断裂した『鳥海』には、大量の海水が流入しはじめ、前傾斜が急激に進んでいった。

（もう。この艦も自分も助からない）

神は頭では理解していたが、気持ちが受けつけなかった。

海軍大学校を首席で卒業し、自他ともに認める海軍のエリートだった自分が、こんなところで終わってしまうのか。

こんなソロモンなどという僻地で、海軍の至宝たる自分が消えてしまうというのか。

（ありえん！　そんなことは絶対に）

そこで、神の意識は唐突に途切れた。

金属的な叫喚と瞬間的な熱、圧の激変……苦しみや痛みを感じる間もなく、神の肉体はゆがんだ精神性ともども、そこで失われた。

暗転した視野は、深い底なしの淵に沈んでいったまま、二度と光が戻ることはなかった。

戦艦『ノースカロライナ』が放った一六インチ弾が、『鳥海』の艦橋構造物を直撃した結果だった。

ソロモン海域には日本海軍の大和型戦艦に先がけて、アメリカ海軍の新型戦艦が姿を現していた。

ワシントン海軍軍縮条約明けに建造された第一陣となるノースカロライナ級戦艦二隻――一番艦『ノースカロライナ』と二番艦『ワシントン』である。

ノースカロライナ級戦艦は全長二二二メートル、全幅三一・九メートル、基準排水量三万五〇〇〇トンの艦体に一六インチ三連装砲三基、五インチ連装両用砲一〇基らの兵装を積んでいる。

最大の特徴はなんといっても最大出力一二万一〇〇〇馬力のジェネラルエレクトリック式オールギヤード蒸気タービンが叩きだす二八ノットの高速力である。

アメリカ海軍の戦艦は長い間、速力よりも防御と航続力に軸足を置き、低速だが重防御という思想で建造を重ねてきた。

その方針を条約明けに一変させたのである。

世界的に航空機の台頭は未完に終わったが、時代の流れが高速化に向かっているのは間違いないと、アメリカ海軍も判断したのである。

　さらに二〇年という歳月が各部の効率化や小型化を押しすすめた結果、艦容もすっきりとしたものに仕上がっている。

　かつての籠マストや三脚檣は姿を消し、代わって先細りの塔状艦橋構造物が据えられている。

　両舷にずらりと並んだ砲郭式の副砲と独立した高角砲も、砲塔式の両用砲に統合されている。

　全体的に凹凸が少なく、近代的で洗練された印象を与える艦容だった。

「敵一番艦撃沈。目標を二番艦に変更」

　拍手喝采に沸く司令塔内で、戦艦『ノースカロライナ』艦長フランクリン・ヴァルケンバーグ大佐は、「当然だ」と目を細めた。

　本艦はアメリカ海軍が、また新たな時代を築いていくべく建造した新型戦艦である。

　重巡一隻を沈めるなど、たやすいことであって、本艦が戦うべきは敵の新型戦艦である。そうでない敵は束になってかかってきたとしても、一蹴してみせるのが本艦の役割であって、自分の責任でもあると、ヴァルケンバーグは考えていた。

（本艦の艦長を拝命した以上は、こんな戦果で満足してはいられぬ。あのクェゼリン沖で不完全燃焼だったたぶんも、取りかえしていかねばならん）

　昨年一二月のクェゼリン海戦（日本名マーシャル沖海戦）でヴァルケンバーグは戦艦『アリゾナ』の艦長として、コンゴウ・クラスの戦艦一隻を単独で撃沈し、ほか戦艦二隻を共同で撃破するなど活躍したが、海戦そのものは痛み分けに終わった。

　当然、満足いくものではない。

　そのため、ヴァルケンバーグは次の機会で日本艦隊を圧倒すべく、その日を待ちのぞんでいたのである。

そこに、思わぬ朗報が飛び込んだ。

新鋭戦艦『ノースカロライナ』の二代目艦長への転任である。

『ノースカロライナ』は三月に就役したばかりの新造艦であって、これほど短期間で艦長が交代するなど異例のことではあったが、初代艦長オラフ・ハストベット大佐が急病で退艦せざるをえなくなるというアクシデントが発生し、急遽ヴァルケンバーグにお鉢が回ってきたのだった。

運も実力のうちとはよく言うが、ヴァルケンバーグはこれを神の配慮だと解釈した。

クェゼリン海戦で不完全燃焼に終わった思いを完全燃焼させてこいと。そして、『ノースカロライナ』という新たな剣を与えるので、沈んでいった『ネバダ』『ウェストバージニア』の無念を晴らせ、仇をとってこい、という思し召しなのだと。

再び前方で火球が弾けた。遅れて、腹にこたえる爆発音が伝わってくる。

今度は僚艦『ワシントン』の戦果である。『ノースカロライナ』と同じ重量一二二五キログラムのMk8一六インチ徹甲弾が敵艦を炎の塊に変えたのである。

「そんな戦力で奪回できるとでも思ったか。合衆国海軍をなめるなよ」

ヴァルケンバーグはつぶやいた。

敵艦隊には戦艦はいなかったようだ。

「とにかく急いで出てきたことは認めてやろう。ただな、巡洋艦や駆逐艦だけでなんとかしようという考えが甘すぎたな。我々はそんな軽はずみな行動で、ここへは来ていないのでな」

そう言いつつも、ヴァルケンバーグは敵である日本海軍を蔑んではいなかった。

敵はクェゼリン沖で自分たちと互角の戦いを演じた。南シナ海でも新型戦艦二隻を含むイギリスの艦隊を撃滅して、同方面の支配権を確立させた。

敵をけっして弱敵と侮るなかれ。常に警戒を怠るな。

隙を見せれば、敵はすべてを奪いさる——ヴァルケンバーグはあらためて家訓を思いだしていた。

一九四二年七月二六日　トラック

連合艦隊旗艦『大和』に参集した面々の表情は硬かった。

ＦＳ作戦の発動後まもなく、これほどまでに敵の反攻が早かったことも予想外だったが、それにも増して緊急出動した第八艦隊が返り討ちに遭って、旗艦『鳥海』ともども司令部が全滅したとの報せは海軍全体を震撼させた。

確認された情報によると、敵は新型と思われる戦艦二隻を帯同した有力な艦隊をガダルカナル島北岸に張りつかせて、待ちかまえていたのだという。

奪われた飛行場も、強化して運用されるとみていいだろう。

敵は想像を超えた戦力で、本気でかかってきたとみねばならない。

その対策を話しあうため、各戦隊の司令官と主だった参謀、艦長クラスの者が集められていた。

「『海軍はすみやかにガ島および周辺の制海権を奪回せよ』、それが大本営からの指示だ」

連合艦隊司令部参謀長福留繁《ふくとめしげる》少将が上層部からの指示を告げた。

大本営は陸海軍を統合した最高戦争指導会議で

ある。戦争遂行に関する日本の最高意思決定機関であって、その命令は絶対である。

（当然だな）

戦艦『日向』艦長松田千秋大佐は、ごくあたりまえの結論だと、冷静に受けとめていた。

ソロモンの喪失は、ＦＳ作戦そのものの瓦解を意味する。

大戦略としての米豪遮断という目的がかかっている以上、大本営としてもなにがなんでも取りかえせというのは、当然の帰結だった。

「ガ島へ再び乗り込んでいくにしても、敵に新型の戦艦が、しかも二隻いるとなると厄介ですな」

高雄《たかお》型重巡から成る第四戦隊司令官梶岡定道《かじおかさだみち》少将がうなった。

後に第一次ソロモン海戦と名づけられる昨夜の海戦では、重巡中心の第八艦隊が一蹴されている。

同じ重巡を預かる立場として、失態を繰りかえすわけにはいかないという思いがあった。

「もちろん、第一戦隊は出していただけるのですよね？」

梶岡は念を押した。

事態を重く見れば、自然にそうなる。

南シナ海海戦にマーシャル沖海戦と、二大海戦を戦ってきた連合艦隊は消耗しはじめている。

手元にある戦艦は第一戦隊を除けば、第二戦隊の『伊勢』『日向』、第三戦隊の『金剛』『比叡《ひえい》』の四隻しかない。

うち、『金剛』『比叡』はマーシャル沖海戦の戦訓からしても、攻防性能が劣るため、敵戦艦との撃ちあいには極めて不利との実力を思いしらされている。

これで敵の新鋭戦艦二隻と撃ちあうのは無謀で

しかない。

　梶岡は連合艦隊司令部直属となっている第一戦隊――戦艦『大和』『長門』『陸奥』も投入するつもりだという答えを求めたのである。

「第一戦隊も出すつもりだ」

　連合艦隊司令長官嶋田《しまだ》繁太郎《しげたろう》大将が、あっさりと答えた。

「我が司令部も出る。それで異論あるまい」

「長官！」

　血相を変えたのは福留だった。

「長官の身に万一のことがあってはなりません。それに『大和』は……」

　福留は躊躇した。

「ソロモン周辺は狭隘な海域であって、広大な洋上で戦うのとは勝手が違います。下手をすれば、敵に前後を塞がれかねませんし、包囲される危険性もあります。

　海空の波状攻撃を受ける可能性も高まっています。そんなところに長官を行かせるわけにはまいりません」

「ちょっと待ってください」

　梶岡が挙手した。

「危険だから連合艦隊司令部は行かない、ということですか？　それでいて、我々に行けと命じると？」

「それはおかしい」

「なにを言っているんだ」

　福留に非難の目が集まる。

「それと『大和』がどうと、なにかありましたか？」

　第二水雷戦隊司令官田中《たなか》頼三《らいぞう》少将が追求した。

「それは……」

福留は口ごもった。

『大和』は初陣だ。初陣で危険な目に遭わせたくない。『大和』は日本海軍の新たな象徴として誕生した艦だ。『大和』には華々しく戦果を挙げてもらわねばならない。

それが、逆に万一没したなどということにでもなれば、天地をひっくり返すほどの騒ぎになってしまう。

福留はそう言いたかったが、さすがに口には出せなかった。

だが、そうした空気を読んで、かつ愛をもって物申すことができる男がいた。

松田である。

「僭越ながら」

松田は立ちあがった。

「『大和』は、『大和』こそ、こうした苦境を脱するために造った戦艦と思っております。苦しいときにこそ、役に立ってくれる。そういう期待を背負った艦ではないでしょうか」

松田は嶋田の目を見つめた。

嶋田の口元が、にやりと動いたように見えた。

(言ってくれるな)

そんな言葉を返されたような気がした。

嶋田も松田も、『大和』には浅からぬ縁を持つ男である。

松田は『大和』の基本構想を研究の末に策定して上申し、嶋田はそれを決済して艦政本部に要求を出した当人たちである。

それを嶋田は立場を代えて、自分が座乗して戦場にまで来ている。

造った責任と、今度は使う責任。めぐりあわせとはおもしろい。

嶋田は松田の言いたいことを理解しているつもりだった。

『大和』は自信を持って造った艦だ。少々の困難など、跳ねかえすことができる。跳ねかえせると信じる。

そして、誰もが納得する戦果を見せてみろ。

松田は『大和』にそんな言葉を投げかけているのだろうと。

「部下だけを死地に赴かせるわけにはいくまい。卑怯者呼ばわりされてはたまらんからな」

嶋田はあえて笑みを見せた。

「長官！」

ご乱心はおやめくださいと言いたげな福留を制して、嶋田は今度は『大和』艦長高柳儀八大佐へ顔を向けた。

「どうだ。『大和』艦長」

「はっ」

高柳は謹んで、と顎を引いて口を開く。

「本艦は行くなと言われない限りは出撃する所存です。そのつもりで準備しておりました。弊職以下、乗組員全員がその気持ちであります」

「決まりだな」

嶋田は松田に視線を戻した。

（これで満足か）

（そうでなくては）

（なんだったら、貴官が指揮したらどうだ）

（任じていただけるならば、ぜひ。今すぐにでも）

松田は嶋田とそんな会話をかわしたような気がした。

「連合艦隊は総力をもってソロモン方面の敵を一掃する。周辺の制海権を確保した後、ガ島を奪還する。各艦とも明日にでも出撃できるよう、準備を急ぐように。以上だ」

嶋田は締めくくった。

ここで、再び日米の戦艦が激突することが決まった。

舞台は変わって、ソロモン海だった。

一九四二年七月三一日　ソロモン海

連合艦隊は満を持して、ソロモン海へ出撃した。第八艦隊と同じ轍を踏むまいと、司令長官嶋田繁太郎大将が重視したのが索敵である。

敵情不明のまま飛び込んでいった第八艦隊は、想定以上の敵に遭遇して、押しつぶされるように敗退した。

そこで嶋田は潜水艦と航空機とを使って、しつこいくらいに敵情を探らせた。

敵駆逐艦や対潜哨戒機の活動が激しいために潜水艦は近寄れず、敵制空権下への強行偵察は自殺行為に等しかったが、唯一『陸奥』飛行隊の水上偵察機一機が持ちかえった情報が頼りだった。

「敵は新型二隻を含む戦艦五ないし六、巡洋艦らしきもの同数以上、駆逐艦多数」

これに対して、連合艦隊の現有戦力は第一戦隊の『大和』『長門』『陸奥』、第二戦隊の『伊勢』『日向』の戦艦五隻に、第四戦隊と第七戦隊の重巡洋艦七隻、そして、第二水雷戦隊の軽巡洋艦一隻に駆逐艦一六隻と、ほぼ互角の戦力だった。

つまり、勝敗はそれを動かす者たちの優劣に左右されるということだ。

昼戦となると、海空の同時攻撃に晒される可能性が高い。空襲はそれそのものの脅威はさほどでなくとも、砲撃の邪魔となれば思わぬ足かせとなりかねない。

　例えば、嫌がらせ程度の雷爆撃でも、それを回避しているうちは砲撃どころではなくなるし、銃撃で測距儀や方位盤を破壊されたりしても、砲戦遂行に重大な悪影響をもたらしかねない。

　よって、会敵時刻は日没後に設定された。

　海上が暗くなり次第、ガダルカナル島北岸めがけて突進し、在泊の敵艦隊を撃滅するのである。

　六日前、第八艦隊が惨敗を喫した縁起の悪い海域だが、そのときとは準備も戦力もまるで違う。

　二の舞は演じないと、連合艦隊は入念に計画されたとおりに行動した。

　しかし、戦争とは相手があるものである。自分たちの思うように敵が動くとは限らない。

　すなわち、自分たちの期待どおりに事が進むとは言いきれないのである。


　嶋田は『大和』を先頭に、五隻の戦艦で単縦陣を組ませて進撃させた。

　ソロモン海は大小多数の島が点在して、狭い海峡や水道が入り組んでいるため、可能な限り広がることなく戦いたいという狙いからだった。

　また、第八艦隊はガダルカナル島北方海域に突入して、北のサボ島を反時計回りに半周して離脱しようとしたらしいが、連合艦隊司令部が立てた作戦はガダルカナル島北方を西から東に横切りつつ、敵に島を背負わせて戦おうというものだった。

　そうすることで、自分たちには行動の制約が少ない一方、敵は身動きが取りづらく、うまくいけば敵が足を止めたところに集中射を浴びせられるという期待もあった。

　だから、連合艦隊は必要以上にガダルカナル島には近づかず、沖合から島方向に砲撃するというのを理想と考えていた。

ところが……。

出しぬけに前方で火花のような光が散った。線香花火のような断続的な光は、明らかに発砲のそれだった。

「二水戦司令部から入電。前衛が敵と接触しました」

「早いな」

連合艦隊司令部参謀長福留繁少将がうめいた。

艦隊はまだガダルカナル島の西岸にすらさしかかっていない。

想定よりも、だいぶ早い会敵である。

「敵も待ちかまえていたのかもしれませんな」

『大和』艦長高柳儀八大佐が口を開いた。

「我々が敵情を知るべく、様々な手段を講じたのと同様に、敵も我々の情報を掴むべく、いくつもの手段を用意していたことでしょう。

これだけの艦隊です。見つからないほうが難しいでしょう」

「背後は大丈夫か？　警戒、厳に！」

嶋田が命じた。

嶋田がここでもっとも恐れていたのは、敵による包囲だ。

敵が待ちかまえていたとすれば、こっそりと後ろにまわり込まれて、挟撃されてもおかしくない。

だが、それは取りこし苦労だったようだ。

後ろに続く第二戦隊の『伊勢』と『日向』から、敵出現の報告はない。第四戦隊や第七戦隊からもだ。

ましてや、戦艦の大口径弾が、背後や側面から飛び込んでくることもなかった。と、なれば敵の主力は奥に潜んでいるということになる。

ここで嶋田が考えていたのは、弾着観測機への複合任務だった。

戦艦や重巡に積んでいる水上機の最大の任務は、主砲の弾着を観測して、そのずれを母艦に伝えて、砲撃の精度を上げることである。

そこに、嶋田は索敵、すなわち敵のあぶりだしを期待した。

敵の主力を発見して、吊光弾を連続的に投下することで、測的をアシストするのである。先制攻撃を可能とする意味も含む。

しかし、うまくいかないときは、そういうことが次々と続くものだ。

耳にしたのは、敵主力発見を告げる報告ではなく、頭上から伝わるエンジン音だった。

「敵機ですな」

福留の声に、嶋田は顔を跳ねあげた。立場ゆえに、表情には出さないように自制したが、心中では露骨に顔をしかめていた。

これでは、自分たちがやろうとしていたことを、敵にやられているようなものではないか。

嶋田は気づかないうちに焦慮にかられ、判断力が鈍っていた。

「追いはらえ！」

ここで、嶋田は判断ミスを犯した。

自軍の空への備えは万全だ。火力も精度もひと昔前とは格段に違ったレベルに達している。水上機の一機や二機など容易に振りはらえる。

事実だったが、それがまたミスを助長したのも、たしかだった。

鋭い火箭が直上に突きあがった。

敵にしてみれば、それはいい目印だった。

戦艦『ノースカロライナ』艦長フランクリン・

ヴァルケンバーグ大佐の顔には、かすかな笑みがあった。

敵のミスにつけこむチャンスを得たからではない。

(ようやく、このときが来た)

敵がついに戦艦を繰りだしてきたことが、ヴァルケンバーグにとっては待望のことだった。

クェゼリン沖で沈んだ『ネバダ』や『ウェストバージニア』の敵を討つ。

戦死者のなかには、かつて自分の部下だった者も、少なくなかった。

それが、あっさりと、あまりにも呆気なく、開戦劈頭にこの世から消しさられた。

戦争とはそういうものだと言ってしまえばそれまでだが、ヴァルケンバーグとしてはそれらが生きていた証をなんとかして見せたかった。

それが、思いを継いで敵にやり返すことなのだと、今はそう解釈していた。

「司令部から砲戦開始の指示が出ました。本艦および『ワシントン』、目標敵一番艦」

「オーケイ。本艦、目標敵一番艦」

ヴァルケンバーグは復唱した。

現在、この海域に展開している艦隊は、第五任務部隊として編制されたものであって、アイザック・キッド少将が指揮している。

キッド少将はワシントン海軍軍縮条約明けに建造された新鋭戦艦二隻——ノースカロライナ級戦艦『ノースカロライナ』『ワシントン』から成る第七戦艦戦隊の指揮官を兼ねており、将旗を二番艦の『ワシントン』に掲げている。

「この場に来たくても来られなかったキンメル提督のぶんも、やってやろうではないか」

「アイ、サー」

ヴァルケンバーグの言葉に、部下たちがいっせいに反応した。

今回、キンメル提督以下、太平洋艦隊司令部はオアフ島にとどまったまま指揮を執っている。

これは以下の複雑な事情が関係してのことと聞いている。

戦場が太平洋全域の広範囲に広がりつつあるなかで、肝心かなめの司令部が洋上にあっては、ワシントンの作戦本部との情報伝達に支障をきたしかねないこと、さらに、太平洋艦隊司令部に万一のことがあっては、その後の対日戦遂行に重大な悪影響をおよぼしかねないこと、また、ソロモンをめぐる攻防は局地戦であって、陸海軍合同の作戦となるが、太平洋艦隊を総動員するものではないし、陸軍との人事的バランスをみると、大将格の者を送り込むのはふさわしくないこと、等からだ。


とはいえ、キンメル提督とて一人の海軍軍人として、一人の鉄砲屋として日本艦隊、それも戦艦を含む有力な艦隊との再戦となれば、血が騒いでいるであろうとは想像に難くない。

さらに、自分たちにはクェゼリン海戦（日本名マーシャル沖海戦）の際にはまだ戦力化できていなかった、ノースカロライナ級戦艦二隻が加わっている。

その実力をはかるには、もってこいの場である。

そう考えれば、血沸き肉躍るというものだ。

しかも、自分はその一番艦『ノースカロライナ』の艦長として、この場にいる。

自分は幸運だと、あらためてヴァルケンバーグは思った。

「敵一番艦は新型らしいとの情報ですが」

航海長フィル・フローレス中佐が、再確認するようにこぼした。格闘家のような鋼の肉体を持つ男である。寡黙で命令には忠実であって、実直という言葉がぴったりの男だった。

フローレスはそれ以上の言葉を並べなかったが、注意と警戒を要すると言いたいであろうことは理解できた。

ヴァルケンバーグとフローレスとの人間関係は良好である。多少言葉が足りなくても、互いの胸の内は読みとれる関係性だった。

「大丈夫だ。慢心はない」

だから、司令部も二隻であたるように命じてきたのだろうと、ヴァルケンバーグは理解していた。もちろん、敵の新型戦艦とはどういうものかという興味も湧いている。敵の情報統制は完璧だったようで、一番艦が『ヤマト』という艦名らしいという情報以外は、まったくもって謎に包まれている。艦体と主砲の大きさ、速力、なにもかもわからない。

それは、今から実戦で確認するしかない。

「見せてもらおうか。『ヤマト』の実力とやらを」

旗艦『ワシントン』が轟然と砲声を轟かせ、『ノースカロライナ』も続いた。

二射、三射と繰りかえしたところで、頭上からまばゆい光が降りそそいだ。

敵の弾着観測機が吊光弾を投下したらしい。

これでいよいよ敵も反撃してくる。

この後はヘビー級の戦艦どうしの壮絶な殴りあいとなる。

(最終ラウンドに立っているのは、果たしてどちらか)

ヴァルケンバーグは、ぞくぞくとした興奮を覚えた。

生死を賭けた凄惨な場になるはずだったが、それを度外視した技量を競う場、どちらが強いのか勝負を決する場、とヴァルケンバーグは感じていた。

戦艦『大和』は敵弾があげる水柱を振りはらうようにして進んでいた。

前方に大きく突きだした艦首が白濁した水柱を崩し、錨甲板にのしあげた水塊が左右にちぎり飛んで消えていく。

「目標、敵一番艦。撃ち方、はじめ！」

副長兼砲術長黛治夫中佐は、乾坤一擲とばかりに喉元から声を押しだした。

日本海軍の新たな象徴たる『大和』が、宿敵アメリカ戦艦と雌雄を決するときがやってきた。

敵戦艦を目標に、『大和』がその四六センチ砲を咆哮させるときが、ついにやってきたのだ。

これを命じることの重みがどれほどのことかと、重責と期待とが入りまじった気持ちで、黛はこの場に臨んでいた。

『大和』の建造には、黛は艤装員としてばかりでなく、構想段階から関わっていた一人である。

その自分が、記念すべきこの場に立ちあい、しかもそれを命じる立場になっていようとは、鉄砲屋としてこれ以上の喜びがあろうか。

日本海軍の鉄砲屋三羽烏の一人として、一目も二目も置かれる黛と『大和』が誇る史上最大の艦砲――四六センチ砲の組みあわせは、部下たちには敬意をこめて「鬼に金棒」と言われていた。

『大和』は鮮烈な発砲炎を閃かせた。

吐きだされた猛炎が闇を焦がし、爆風に叩かれた海面が真っ白にさざ波立つ。

衝撃が全艦を刺しつらぬき、視野が激しくぶれる。

『大和』が敵艦へ向けて、初めて主砲を放った瞬間だった。

音速の倍を超える初速で叩きだされた全長二メートル、重量一・五トンの徹甲弾は、瞬時に闇夜に消えていく。

ただ、先手を敵にとられている。夜戦ということもあって、無理に遠目から撃つこともできなかったこともあり、敵の届かぬ距離から一方的に砲撃を浴びせるというアウトレンジ攻撃という理想は、すでに崩れている。

弾着を待たずして、敵弾が降りそそぐ。

独特の甲高い風切り音に続いて、海面が豪快に割られ、高々と水柱が突きあがる。

まだまだ距離も方位も精度は低い。

『大和』から見て、もっとも近いものでも五〇〇メートルは離れている。ただ、敵は二隻がかりで『大和』に挑んできたようだ。弾着の水柱が崩れるのと入れちがいに、すぐに次の弾着がやってくる。

「おっ」

今度は近い。水柱は三本あったが、うち一本が『大和』の右舷真横に立ちのぼった。

一〇〇メートルと離れていない。水中爆発の衝撃が伝わるレベルだ。

射距離は合っている。敵も徐々に照準を定めはじめている。

(ただな)

焦る必要はない。『大和』の力を信じるのだと、黛は再認識した。

水柱の高さと太さから、敵弾は一六インチ弾を上まわるものではないとわかる。

つまり、仮に命中しても、対四六センチ——一八インチ弾装甲を備えた『大和』ならば耐えられる。

『大和』はただ単に敵に勝つために造られた戦艦ではない。

同世代の敵戦艦をもはるかに上まわり、圧倒して勝つ無敵の不沈戦艦として造られた艦である。

少々不利な条件であろうと、『大和』にとっては関係ない。容易に凌いで、問題視すらしないはずだ。

敵一番艦は面舵を切って、北に針路をとった。

こちらの針路を塞いで、T字を描こうという策である。

『大和』らは取舵を切って、並走する針路にのせた。

選択肢はそれしかない。そのまま直進すれば、敵の集中砲火を浴びることになるし、針路を逆にとれば、ガダルカナル島へぶちあたって、行きづまる。

同航戦ならば不確定要素は少なく、実力差が表れやすい。

望むところだ。

（とはいえだ）

敵もそれなりの狙いがあってのことだろうと思ったが、しばらくしてそれがわかったような気がした。

（そういうことか」

敵一、二番艦の速力は、アメリカ戦艦にしては特異だった。

『大和』の最大速力は二七ノットだが、それで付いていくのがやっとという印象である。

やはり、敵もワシントン条約明けに建造した戦艦は、「低速だが重防御」という従来の基本方針を変えてきたということらしい。

自分たちと同様に、敵も高速化という時代の要求を的確にとらえてきたということだ。

問題は……ある。

鈍足の『長門』以下が追随してこられなくなる。

どうやら敵は、『大和』に対して、二対一の構図をつくることが主目的だったようだ。

(それならば、それでいい)

黛も連合艦隊司令部も、同じ思いだった。

『長門』以下は敵の三番艦以下にあたらせればいい。どのみち、それも必要なことだ。

(新型二隻は引きうけた!)

黛はかっと両目を見開いた。

しばらくは我慢の展開が続く。針路も速力も安定しないときに撃っても、命中などまず望めない。

「慌てることはない。じっくり狙え」

黛はいかつい野武士のような風貌から、猪突猛進に見られるが、意外に堅実で基本に忠実な指示をする男だった。

『大和』が測的をやり直して沈黙している間に、敵は砲撃を再開した。

またもや、先手はとられた。砲戦の主導権を握っているのは敵だ。しかし、それで劣勢に陥っているわけではない。

黛は卑屈にならずに、前を向いた。

こうした形勢もすぐに逆転してみせるという自信もあった。

闇を貫いて、敵弾が襲ってくる。

まず、『大和』を飛びこえて背後に三発、それはいい。次が問題だった。背後に二発……しかし、最後の一発は手前への着弾だった。

黛は左の片眉を跳ねあげた。

夾叉弾である。

すなわち、この時点で敵戦艦の一隻は正しい照準値を得たことになる。次からは本射に移行してくる。

そのとおり、次の発射炎はこれまでとはまったく異なるものだった。

敵新型戦艦の主砲塔は三連装であるという情報が正しければ、炎は三倍、光量も三倍となるはずだが、感覚的にはそれ以上に見えた。

炎の光で、束の間敵戦艦の姿が見えたが、これまでのアメリカ戦艦とはまるで違うものだった。

特有の籠マストも三脚檣もなく、そびえたっていたのはニューヨークの高層ビルを思わせる先細りの塔状艦橋構造物だった。

近代的だが、どこか無機質で血が通っていない戦闘機械という印象だった。

その冷徹な戦闘機械が『大和』を沈めるべく、淡々と砲弾を送り込んでくる。

「来る！」

黛は直感的に悟った。

装甲越しに感じる殺気が極大に達したと思うや否や、眼下に火花が散り、金属的な異音が鼓膜を刺激した。

だが、そこまでだ。

真っ赤な火柱が噴きだすこともなければ、誘爆の火球が膨れあがることもない。

敵弾は二番主砲塔を直撃したものの、分厚い装甲に跳ねかえされて、表面を滑っただけに終わったのだ。

「よしっ！」

黛は力強く顎を引いた。

絵に描いた餅ではなかった。

『大和』は所定の防御力を発揮した。現在、彼我の距離は二万メートルを切ったところと思われるが、一六インチ弾と思われる敵戦艦からの直撃弾を、ものの見事に弾きかえしてみせたのだ。

敵弾は決戦距離において、『大和』の主要部を撃ちぬくことはできない。

しかも、これは敵の新型戦艦の砲撃なのである。登場が予想されるワシントン条約明けの敵新型戦艦をもはるかに凌駕するようにと造られた『大和』は、その圧倒的と期待された実力の一端を早くも示したのである。

『大和』は反撃の砲火を閃かせた。

炎の塊が轟と噴きのび、煙塊が闇をさらに深くする。

入れかわるようにして、敵弾がやってくる。

左右に夾叉、うち一発が近弾となってバルジを叩くが、『大和』は歯牙にもかけずに突きすすむ。

これで、敵は一、二番艦とも本射に入ったが、必要以上に不安視することはない。

この距離ならば、『大和』は耐えきれる。

敵弾は続く。今度は大鐘を鳴らしたような鈍い金属音が響くが、それだけだ。

足元から伝わる衝撃もわずかだ。

敵弾は右舷中央の喫水線上に命中したが、これも厚い主甲帯に阻まれたのである。

ちなみに、この部分の装甲厚は『長門』で三〇五ミリだったものが、『大和』では四一〇ミリと三割以上も強化されており、しかも傾斜をつけて物理的な効果を増していた。

傾斜装甲は戦車設計でよく使われる手法である。装甲を斜めに寝かせることで、垂直方向からも水平方向からも、見かけ上の厚さは厚くなる。

つまり、重量を増やさずに防御力を上げることができる。

また、被弾経始という考えもある。

これは敵弾をまともに受けとめて、その運動エネルギーに耐えることを目指すのではなく、敵弾を装甲上で滑らせて、その運動エネルギーを逸らしてやるという発想である。

それが、戦艦の装甲にも応用されたということだ。いずれにしても、「格下」の一六インチ弾が貫けるものではない。

次も、その次もいっしょだ。

三番主砲塔前盾に命中した敵弾は、『大和』の誇る装甲でも最大厚となる六五〇ミリ厚の装甲の前に、あえなく跳ねかえされて終わった。

前檣下部の司令塔に命中した敵弾には、さすがに一瞬肝を冷やしたが、これも五〇〇ミリにおよぶ装甲が弾きかえした。跳弾となった敵弾は、暗い海面へ消えていった。

唯一、右舷中央の上部を襲った一発だけが、付近の高角砲と機銃座を損壊させたが、これも『大和』の全体から見れば、軽傷にとどまる。

「この距離ならば、奇跡は起こらん。敵にとっては、夜戦であることが災いしたな」

直感や根拠のないひいき目の推測ではない。黛はたしかな砲術理論から、危険性が少ないことを悟っていた。

夜戦となると視野が限られるために、測的の精度は悪化する。

ゆえに、砲戦距離は近距離とせざるをえない。

近距離の砲戦では砲身の仰角は小さく、弾道は低いものとなる。そうなれば、砲弾は目標の水平方向よりも垂直方向に当たることとなる。

建艦設計においては、復元性を悪化させる重心点上昇を避けるために、上部水平方向の装甲は厚くしにくいが、垂直方向は比較的厚くしやすい。

だから、近距離の砲戦では、なかなかその垂直装甲を突破するのは難しいことになる。

では、比較的薄い水平装甲を狙えばいいとなるが、そのためには砲弾を上からぶつけねばならない。

爆撃と違って、水平射撃では高い放物線を描いた弾道が必要となる。すなわち、遠距離射撃だ。

それを夜戦で望むのは酷というものだ。

もっとも、『大和』は二万メートルあたりから三万メートル超の決戦距離を想定しての水平装甲を備えているため、それを破るのも容易ではないだろうが。

「さあて。いつまでも撃たれっぱなしというわけにもいかんからな」

弾着観測機から、ようやく敵一番艦を夾叉したとの報告が入った。

多少手こずったが、いよいよである。

黛は命じた。

「次より本射！」

発する声にも、自然と力が入った。

さらに、このときがやってきた。

実戦初の発砲、そして敵戦艦からの被弾にも耐え、全力射撃と、『大和』は次々とベールを脱いで、実力を見せはじめている。

本領発揮も近い。

三連装の主砲身が、ぴたりと仰角を合わせていく。重量感溢れる主砲塔が微動し、目標の未来位置を睨む。

「装填よし！」

「照準よし！」

「射撃準備完了！」

黛は大きく息を吸い込んだ。いったん胸の内に溜めたそれに、声をのせて吐きだす。

「撃ち方、はじめ！」

敵弾の飛来音が轟いたが、それを跳ねのけるようにして『大和』は発砲した。

九門の砲口すべてに橙色の閃光が宿り、それが拡散するや否や、紅蓮の炎が吐きだされた。

黛らの視界は鮮紅一色に染まり、『大和』の右舷は炎の幕に覆われた。発砲の衝撃と反動も、試射とは比べものにならない。

幅の広い艦体はそれをしっかりと受けとめたが、なかにいる人間はそうはいかない。

鈍器で殴られた感覚は何度味わっても、慣れはしない。聴覚もしばらくは麻痺してしまうほどだ。

砲身はただちに装填角度の三度に下げられる。

砲身の角度によらずに砲弾を装填できるのが理想だが、『大和』の直径四六センチの巨弾は長さもあるために、そうはいかなかったのである。

そのぶん、発射間隔は長くなるが、やむをえないデメリットである。

「命中！」

敵一番艦上に発砲のものとは明らかに異なる閃光が弾けた。

巡洋艦あたりならば、一発轟沈も夢ではなかったかもしれないが、さすがに目標は戦艦であって、そうはいかない。

「装填よし！」

「撃《て》っ！」

命中の成果を観察する間もなく、『大和』は本射に入って二度めの発砲炎を閃かせた。

目標の被害状況は観測機から得ればいい。

再び九発の徹甲弾が闇を貫いて飛翔する。

これを繰りかえしていくことで、目標の敵一番艦には一発か二発の命中弾を与えていくことになる。

敵が一六インチ砲搭載艦であれば、常識的には対一八インチ――四六センチ弾装甲は備えていないはずである。

自身の目で確認はできなかったが、目標はかなりのダメージを負ったはずだ。

「さあ。どこまで耐えられる」

黛は不敵に口元を緩ませた。


第五任務部隊指揮官アイザック・キッド少将が座乗する戦艦『ワシントン』が深刻な状態に陥りつつあることは、二番艦『ノースカロライナ』からも観察できた。

一発めの命中弾は艦尾を襲い、駐機してあった水上機をカタパルトごと、いっさいがっさいを鷲掴みするようにして破壊した。

それは敵旗艦『ヤマト』の挨拶代わりの一撃だったのだろう。

二発めは最前部の一番主砲塔に命中し、それを引きさくようにして全壊させた。砲塔は中央から押しひろげられたかのように二分され、中央の砲身はもぎとられ、左右の砲身はあらぬ方向にねじ曲げられて、使用不能に陥った。

敵旗艦は一撃で我が新鋭戦艦の火力の三分の一を失わせたのである。

それに驚くよりも、給弾薬路に火がまわって引火爆発しなかっただけましだった。

そう思わせるだけの迫力だった。

三発めは後部の三番主砲塔の前盾端部に命中し、返す刀で後檣や両用砲を破壊した。

三番主砲塔の右砲身は脱落し、垂れさがるようにして上甲板に食い込んだ。

ちょうど杭をうったような格好で、三番主砲塔は旋回不能となって無力化された。

「なんて奴だ」

戦艦『ノースカロライナ』艦長フランクリン・ヴァルケンバーグ大佐は、生唾を飲み込んだ。

あまりのことに声はかすれぎみで、上ずっていた。

『ヤマト』はすでに被弾した状態だった。

しかも、『ワシントン』と『ノースカロライナ』の一六インチ砲搭載戦艦が二隻がかりで砲撃を浴びせていた。

被弾は二発や三発で済まなかったはずだ。

それなのに、『ヤマト』は衰えた様子を見せないどころか、平然と反撃して、『ワシントン』をあっという間に追い込んだ。

『ワシントン』は早くも火力の三分の二を失って炎上している。

炎の赤い光は闇という煙幕を剥ぎとって、『ワシントン』の姿をあらわにする。

敵にしてみれば測的しやすく、格好の的となってくる。

『ヤマト』はチャンスとばかりに畳みかけてくる。

『ワシントン』の艦上から、立てつづけに閃光が走りでて、大量の破片が空中にばら撒かれる。

火災の炎はさらに勢いを増して、『ワシントン』を焼いていく。

上は炎、中は煙。逃げ場を失った乗組員が煙に巻かれて、折りかさなって倒れていく。あるいは背中に火がついた状態で、甲板上を転げまわって絶命していく。

（『ワシントン』が危ない。早く援護しなければ）

そう思えば思うほど、攻撃は空まわりして見えた。

『ノースカロライナ』も敵旗艦に命中弾を与えるが、『ヤマト』にはまったく動じる様子がない。

『ヤマト』は何事もなかったかのように、一定の間隔で発砲を繰りかえす。ややもすると、「なんだ。この程度か。それでよく条約明けの新世代戦艦などと言えたものだ」と嘲笑さえされている気がした。

「あいつは化け物か」

このままでは勝てないと、司令部も判断したらしい。旗艦『ワシントン』から、一時撤退の指示が飛んだ。

だが、その決定は遅かった。遅すぎた。

『ワシントン』が反転をかけようとしたところで、再び『ヤマト』の巨弾が降りそそいだ。

「！」

そこで、ヴァルケンバーグは今までにない悪寒を覚えた。

十字に閃く橙色の光も、轟とした真っ赤な火柱も、太陽を思わせる火球もなかった。

不気味な沈黙の後、ヴァルケンバーグの目には『ワシントン』の艦体が瞬間的に倍の大きさに膨らんだように見えた。

次の瞬間、海水が轟音をあげて飛びちり、濛々とした水煙が『ワシントン』の艦尾を覆った。

その水煙に部分的に隠されながら、『ワシントン』はのけぞるようにして傾いた。

海面は渦を巻き、やがて艦首艦底を完全に海面上に覗かせた『ワシントン』は、渦の中心に吸い込まれながら沈んでいった。

あまりに急なことで、ヴァルケンバーグらは呆気にとられて見送るしかなかった。

現実のものとは、すぐには受けとめられなかった。

水蒸気爆発を起こした機関が、内部から艦尾を引きさいた結果だった。

『大和』が放った全長二メートル、重量一・五トンの徹甲弾は、『ワシントン』の後部喫水線付近に命中し、舷側装甲を豪快にぶち破った。

　内部に食い込んだ徹甲弾は、そこで遅動信管を作動させて炸裂し、幾層もの隔壁や甲板を破壊して、機関室をあらわにした。

　引きさかれた舷側から流入した海水は、高温高圧の缶と主機とに直接触れ、ここで急激に気化が進んだ。

　この結果、怒涛のごとき体積の膨張と温度変化が、水蒸気爆発となって『ワシントン』の艦尾を破壊したのである。

「まさか。こんな簡単に」

　あまりに呆気ない僚艦の最期に、ヴァルケンバーグはショックを隠せなかった。頬は痙攣し、手指はかすかに震えていた。

『ワシントン』は現時点でアメリカ海軍が持つ最新の戦艦だった。

　ワシントン海軍軍縮条約明けの無条約時代に入って、なんら制限のないなかで完成させた自信作のはずだった。

　それが、竣工後わずか一年あまりで、実質的にはたった二度めの海戦で、あっさりと沈められてしまった。

　しかも、『ワシントン』は第五任務部隊の旗艦である。

　脱出をはかるような状況ではなく、第五任務部隊司令部は指揮官アイザック・キッド少将以下全員が艦と運命をともにしたとみていいだろう。

　由々しき事態だ。

　ヴァルケンバーグでなくとも、アメリカ海軍の将兵ならば誰しもが失望する一件だった。

「このまま反転、離脱でよろしいですか？」

　航海長フィル・フローレス中佐がヴァルケンバ

ーグに確認を求めた。

フローレスにも動揺がないわけではなかったが、少なくとも表面上はいたって淡々としている。身体だけではなく、精神面も頑健な男だ。頼りになる。

「それでいい。可及的速やかに戦闘海域を脱する。急げ」

ヴァルケンバーグは悔しさを押しころして命じた。本当ならば旗艦の仇討ちをと、敵旗艦『ヤマト』と撃ちあいたい。撃沈までは難しくても、せめて一矢を報いたい。

それがヴァルケンバーグの本音だったが、一人の軍人としての、一人の鉄砲屋としての思い以上に、ヴァルケンバーグには艦長としての責任があった。

責任ある立場にある者としての判断は、個人的感情に優先する。ヴァルケンバーグはそこで自制できない男ではなかった。

仮にここで感情にまかせて『ヤマト』と撃ちあったとして勝てるのか？　勝てないまでも、ある程度の打撃を与えられれば、自分は満足できるかもしれない。

だが、そこで『ワシントン』に続いて、『ノースカロライナ』まで失うことは許されない。

アメリカ海軍として今優先すべきは、勇気ある撤退なのだと、ヴァルケンバーグは理解できていた。

いずれ、『ヤマト』とはまた戦わねばならない。そのときまでに、勝てる方策を考えて臨む。

自分もアメリカ海軍も、負けたままでは済ませない。

そんなことを考えながら、しばしばヴァルケンバーグは後ろを振りかえった。

敵に背中を見せるのは癪だったが、今は無事ハワイに戻るのが先決だ。

艦隊は次席指揮官に指揮が引きつがれ、第五任務部隊はいっせいにガダルカナル島北岸から脱出を始めていた。

敵の砲声は遠のきつつあった。

「追撃しますか？」

連合艦隊司令部作戦参謀宮嵜俊男《みやざきとしお》大佐の伺いに、司令長官嶋田繁太郎大将はひと息吐いて、即答を避けた。

敵艦隊に打撃を与えて、ガ島周辺の制海権を奪回するという目的は果たした。

しかしながら、敵艦隊を一掃したかといえば、そうではない。

敵が一定の戦力を残したうえで離脱をはかったというのが実態である。

「戦果拡大の好機と考えます。敵にはまだ新型戦艦一隻をはじめとする戦力が残っており、ここはそれを叩きつぶす絶好の機会です」

「だが、危険もある。我が軍は足並みが揃わんからな。高速で追えば『長門』『陸奥』や第二戦隊以下は付いてこられん。

そこに奇襲雷撃でもかけられたりしたら厄介だ」

なおも積極策を主張する宮嵜に、参謀長福留繁少将が待ったをかけた。

「それにだ。我々の目的はガ島の奪還だ。敵艦隊撃滅も目的の一つではあるが、それは二次的なものにすぎん」

「では、『長門』以下の戦艦は残し、『大和』と一水戦、それに若干の巡洋艦を付けて、遊撃艦隊とするのはいかがでしょうか」

「『大和』を突出させるというのか？　それはい

かん。危険すぎる」

福留は慎重論に終始した。

敵新型戦艦を撃沈して、こちらは損害軽微。今日はこれで満足すべし。へんなけちが付いてはたまらない。と、いうのが福留の本音だった。

「長官。陸戦隊の上陸に備えて、島内の敵を一掃しておきましょう。それが先です」

「そう、だな」

嶋田は結論を下した。

「いいな」

「はっ」

納得はしていなかったが、長官が決断した以上はそれに従うのが参謀の義務だ、と宮寄は退いた。

「通信……」

旗艦『大和』から、次の指示が放たれた。

敵艦隊撃退には成功したが、まだそれで終わりではない。

戦艦『日向』の主砲身は、敵艦ではなく内陸に向いていた。

「目標、ガ島飛行場。撃ち方、はじめ！」

艦長松田千秋大佐は、敵飛行場への艦砲射撃を命じた。

敵艦隊が早々に撤退していったため、『日向』らは満足に敵戦艦と撃ちあうことなく、海戦は終わった。

残弾はたっぷりあるから、これはこれでかまわない。

空襲は戦艦にとっては、さほどの脅威でもないが、脆弱な輸送船団にとっては十二分に怖い存在である。

戦略目標がガ島奪還である以上、これも重要な任務である。

しかしだ。

（『大和』だけでも追撃させても、よかったと思うがな）

戦果拡大の好機という意味で、松田の考えも宮嵜と同じだった。

『大和』が期待どおりの働きを見せたことで、敵新型戦艦一隻を仕留めることができた。

『大和』の優位は明らかなので、ここで満足せずに、もう一隻も捕まえてさえいれば、撃沈はさほど難しくなかっただろう。

だから、敵は撤退した。

敵は叩けるときに叩くというのが鉄則だ。

しかし、その一方でガ島奪還という戦略目標を優先するのも理解できなくはない。

そこでベストな選択がなにかとなれば、戦力分割となるのではないか。

松田がもし指揮官であれば、宮嵜の案を支持して実行に移したはずだ。

だが、今の松田にその権限はない。

これが、後々にどう影響してくるか……。

それはさておきだ。

松田は前にいるであろう『大和』に目を向けた。

『日向』は戦艦五隻の殿《しんがり》にいるため、夜間に先頭の『大和』を肉眼で見るのは叶わない。

残弾の問題もあるのか、艦砲射撃には加わっていないようだが、『大和』はたしかにそこにいる。

「たいしたものだよ、お前は」

松田は『大和』に向けて、笑みを見せた。

条約明けに建造した『大和』は、敵の同世代戦艦をも圧倒するという目標を見事に達成してみせた。

敵はさぞかし驚いて、遁走したことだろう。

自分が草案をつくった艦が堂々と戦い、期待どおりの戦果を挙げたことが、松田は誇らしかった。

できれば、自分もそこに乗って戦いたかったが、こうして同じ戦場にいて、ともに戦えただけでも、幸運だったと思うべきかもしれない。

自分と同様に『大和』の基本構想に関わりながら、副長兼砲術長として実際に指揮できた黛治夫中佐は、さらに格別の思いだったに違いない。

(もう完全に手離れしたようだな)

これまで、松田は生みの親として『大和』を見てきた。立場があれこれ変わっても、建造の状況や訓練動向なども、常に気にかけてきた。

その『大和』がこうして見事に初陣を飾った。

もう、『大和』は独り立ちして、進みだした。

これからは『大和』のほうから、華々しい戦果を聞く番になったのだと、場面が変わったことを松田は悟った。

ガダルカナル島は燃えていた。

それは敵を撃退したという証だけではなく、まだ前に進むのだという、日本の意志を表す狼煙のようだった。

# 第四章　米豪遮断

一九四三年一月四日　東京・霞ケ関

日本海軍少将中澤佑《なかざわたすく》は、いつもの赤レンガに足を踏みいれた。だが、妙な気分だった。ふわふわして、自分の足が自分のものでないような気がした。ベタ金、すなわち金の台座の階級章が、冬服である第一種軍装の襟に光っている。

ついに将官の仲間入りを果たした中澤だったが、それに伴う異動先は、これまで縁がなかった海軍省だった。

海軍省と軍令部は霞ケ関にある赤いレンガ造りの建物に同居しており、軍令部に所属していた当時と同じところに入りながらも、まったく違う職場に向かうということも、妙に落ちつかない原因だったのかもしれない。

「ようこそ。海軍省へ」

中澤を迎えた二人は、揃っていたずらな笑みを見せた。

海軍大臣永野《ながの》修身《おさみ》大将と海軍次官山本《やまもと》五十六《いそろく》大将である。

客人でもないのに大将格の二人が揃っているというのも異様だったが、山本が現職にあるというのもまた異質だった。永野に請われてのことだが、大将の地位で次官というのは、どうにも釣りあわない。

大将ならば、普通は艦隊や鎮守府の長官であって、次官はせいぜい中将クラスのものがあてがわれるのが一般的だ。

だから、山本には艦政本部長と航空本部長を兼任するという得体のしれない肩書きが付いていた。

誰が見てもナンバー2と見えるようにとの配慮なのだが、異例中の異例であることはたしかだった。

「軍令と軍政はまるで違う。軍令畑の長い貴官にとっては戸惑うことも多いと思うが、よろしく頼む」

「はっ」

永野の言葉に、中澤は半歩下がって一礼した。

「なんだ。浮かない顔をして。どうせならば、水上勤務にしてくれればよかったものを、という顔だな」

「いえ」

笑いかける山本に、中澤は否定したが、半分は嘘だった。

海軍の人事に対して、自分はどうこう言える立場ではない。自分を必要としてくれる場で全力を尽くす。それが、海軍軍人である自分の使命と理解している。

が、その反面、個人的感情だけで言えば、今前線に行かずして、いつ行くのだという思いがあるのも事実だ。

特に、中澤が建造に大きく関わった期待の新造戦艦『大和』が、ついにその実力を前線で知らしめ、二番艦『武蔵』も砲列を並べようというところまで来ている。

自分もそこに加わりたいという血が騒がないほうがおかしい。

中澤は胸中で苦笑した。

そんな思いを抱く自分が人事局長に就くなど、

皮肉なものだなと。

「貴官は軍令は長いが、軍政は初めてのようなものだろう。ここで軍政を経験しておくことは、けっして無駄なことではない。

前線にいる者だけでは軍は動かんしな。それを適切に動くように準備するのが、我々の仕事だ」

永野の言葉に、中澤はうなずいた。

「ところで、ＦＳ作戦は順調のようですね」

「うむ。いや」

「それがだ」

永野と山本は咳払いして、顔を見あわせた。互いに渋面を見せている。

「いやな。海軍省としては作戦が過大だと指摘していたのでな」

永野は嘆息した。

中澤が言ったように、ＦＳ作戦はその後順調に進んだ。

ソロモンで一度躓きかけた作戦は、連合艦隊が総力を挙げてソロモン周辺から敵を叩きだしたことで、息を吹きかえした。

ソロモン諸島最大のガダルカナル島を奪還して、ソロモン方面を固めた日本軍は、その余勢をかって遠くフィジー、サモアまで進出した。

英豪軍の抵抗に遭いながらも、同地を占領した日本軍は、ついにオーストラリアを孤立させることに成功したのである。

「我々としても、米豪遮断という考えには賛同したが、ソロモンあたりでやめておくべきだと主張していたのでな」

「補給がもたんし、あれほど長大な防衛線に張りつかせる戦力など、我が軍にはなかろうに」

永野に、山本が続いた。

（さすがだな）

中澤は二人の考えの良し悪し以前に、一本筋のとおった主張と一貫性に納得した。

海軍省という軍政を預かる立場は、戦略決定への発言力は乏しい。戦略方針の決定は陸海軍を統合する大本営でなされるが、そこへの影響力は軍令部のほうがはるかに大きいのだ。

だが、そこでけっして傍観者にならずに、根拠をもって適切に申しいれを行う。

だからこそ、二人はこの地位に今いるのだろうと、中澤は交互に二人を見つめた。

そもそも、この二人にとっても、今の職は人がしでかした失態の尻ぬぐいのためのものである。

永野大将は対米戦不可避となって、内部からの突きあげを食らって辞任した及川《おいかわ》古《こ》志《し》郎《ろう》大将の後任として担がれた人物であるし、山本大将もまた、アメリカという国の強大さに、常に警笛を鳴らして、軍が暴走しないように目を光らせていた人物である。

この二人は、日独伊三国同盟を締結しても対米戦にはならないと主張していた政府の主張が崩れたところで、「対米戦となれば主力として戦うのは海軍である。海軍が危険視している戦争に、引きずりこまれるとは何事か！」と、陸軍と外務省には相当強くあたったと噂されている。

そこで、二人が引きだしたのが、昨年一一月の日ソ中立条約成立なのである。

二大大国との同時戦争を回避できたという大きな功績が、この二人にはあったのだった。

今の対米英戦に加えて、対ソ戦まで勃発していたらと思うと、たしかに日本は危うい。

「嶋田と吉田には調子にのるなと、戦線不拡大を訴えたがな。耳を貸さなかったよ」

　山本は肩をすくめた。

　嶋田というのは、山本と同期の海兵三二期にあたる連合艦隊司令長官嶋田繁太郎大将であって、吉《よし》田というのはこれも海兵三二期の軍令部総長吉田善吾《だぜんご》大将のことである。

「二人もそうだが、特に豊田《とよだ》がまずかったな」

　永野も苦々しくこぼした。

　豊田というのは、軍令部次長豊田副武《そえむ》中将のことである。

　避戦派と見込んで、永野と山本は吉田に付けたつもりだったが、開戦後に一転して好戦的になり、勝利あるのみと猪突猛進となっている。

　永野と山本にとっては、まったくの誤算だった。

「こうなってしまった以上、戦線が破綻する前に、けりをつけねばなるまい」

「それは政府の役割だからな」

　山本と永野が言いたいことは明白だった。

　敵の反撃が本格化する前に、オーストラリアを屈服させるのだ。

　戦争の背後で、政治も活発化する。

　これも歴史の常だった。

一九四三年一月五日　サモア

　日本海軍特務少尉池上敏丸特務少尉は、興奮に息を弾ませていた。

「素晴らしい。実に素晴らしい」

　細い一重瞼の目がまばたきして、幾度も揺れる。

　見おろす光景は壮観だった。

　複雑な曲線を描く最上甲板は先が霞むほどに伸び、どっしりとした横幅のある艦体が実に頼もしい。

そして、なにより眼下に鎮座する背負い式の巨大な三連装主砲塔こそ、この艦の象徴だった。その砲身を自分は手足のように扱う。

太く長い砲身が上下左右に、ゆっくりと動く。

これまで操っていた『日向』の主砲身も、けっして貧弱なものではなかったが、これに比べれば幹と枝くらいの差がある。

これを自分が任されたかと思うと、心躍らないほうがおかしいというものだ。

池上はこれまでの実績を評価されて、ようやく前線に進出してきた大和型戦艦の二番艦『武蔵』の方位盤射手に任命されたのである。

世界に冠たる大和型戦艦の射手といえば、海兵団卒の鉄砲屋からすれば頂点の仕事と言っていい。それを告げられたときは、池上は天にも昇る気持ちだった。

しかし、気になることもある。薄い眉をへの字に曲げて、隣に停泊する一番艦『大和』を流しみた。

艦体の中央に艦上構造物が集中し、艦首と艦尾が長い艦容は均整がとれて美しかった。

『武蔵』と同じく海面上四〇メートルの高さにおよぶ艦橋構造物は、つぎはぎした凹凸もなく、すらりとして近代的だった。

「三矢よ、お前がなぜそこにいる」

池上は同期の親友かつライバルの名を口にした。

三矢駿作特務少尉——重巡『熊野』の方位盤射手から、特務少尉に昇進と同時に『大和』の方位盤射手に抜擢された男だった。

自分は二番艦の射手で、三矢が一番艦の射手と聞くと、やはり追いこされた気もしてならなかった。

特務少尉への昇進も、戦艦の射手への就任も、これまでは常に自分が先を走ってきた。

それがここにきて、自分が後塵を拝する立場に入れかわったというのか。

ただ、三矢は敵ではない。三矢のこれまでの努力や功績を否定するつもりはないし、評価されて当然との気持ちもある。昇進をともに喜びたい気持ちもある。

しかし、そこでわりきれない、釈然としない思いが残るのが、池上が三矢に感じる微妙な関係だったのである。

「まあいい」

池上は舌打ちした。

「せいぜい、あんな息苦しいところに閉じ込められていればいいさ。俺はご免だ。この『武蔵』はよっぽど自由だからな」

負け惜しみの感があったが、真実でもあった。

池上は常識外れの男ではなかったが、必要以上に気を遣ったり、遠慮したりするのは苦手だった。ましてや、ごますりや世辞を口にするなど、性に合わなかった。

そんな自分が連合艦隊旗艦などというお偉いさんがひしめく艦に乗ったりすれば、息が詰まること必至だ。

そうならなかったのは幸いだった。

その池上とは対照的に、三矢はそうしたことを名誉と感じる男である。軍務精励、研究熱心、中肉中背だが高い鼻と二重瞼の大きな目を持つ美男子――三矢には『大和』がお似合いだったろう。

その三矢は静かに闘志を燃やしていた。

重巡の射手から一足飛びに『大和』の射手となれば、夢心地となる者が多いだろうが、三矢はその種の男ではなかった。

自分でよかったのだろうかと謙遜しつつ、任せてもらったからには恥ずかしくない成果を見せようと、これまで以上の努力を誓う。

そんな男だった。

そして、『大和』には昇進とともに転出した黛治夫大佐に代わって、二代目となる新たな砲術長も赴任していた。

戦艦『陸奥』から横滑りしてきた永橋為茂中佐である。

永橋は満州総産絡みの砲弾や信管の開発、空域制圧射撃という概念の創出、水中弾射法開発等々、大口径砲の射撃に関しては海軍きっての人材である。

黛と重巡『熊野』艦長猪口敏平大佐と並んで、海軍鉄砲屋三羽烏の一人であって、適任である。

事実、黛が自分の後継者はあいつしかいないと、指名して連れてきた男だった。

『大和』との関係性は、永橋も特別なものがあった。

建艦設計や建造に関わってはいなかった永橋だったが、実は『大和』を見たのは竣工してからが初めてではない。進水後の艤装中に、永橋は偶然呉で建造中の『大和』を見ていた。

あのとき、強烈な印象を自分に植えつけた艦に、こうして実際に乗り組むことができて、永橋は軍人としての喜びと誉を感じていた。

永橋もまた、運命的に『大和』に引きよせられてきた男であり、こうなることが宿命的に定められていた男だったのかもしれない。

あらためて完成した実物を見ると、その迫力に圧倒されそうになる。

永橋は目を白黒させて、嘆息を繰りかえすような男ではなかったが、うっすらと見せた微笑に、永橋のそうした気持ちが滲んでいたのだった。

『大和』の特徴はなんといっても主砲である。『陸奥』も世界のビッグ・セブンの一隻として注目されつづけてきた戦艦で、口径四一センチの主砲は今でも世界でトップ・クラスの大口径砲であることに違いはない。

しかし、『大和』の主砲はそれから一段と、いや比べものにならないくらいの凄みを発していると感じた。

もちろん、数字上の予備知識はあった。

主砲口径は『陸奥』の一割増にすぎない四六センチではあるものの、主砲弾重量は実に五割増しとなる一・五トン、艦体はさらに大きく六割増しの基準排水量六万四〇〇〇トンに達する。

それらの値から、かなりの巨艦であることは想像に難くなかったが、実際に乗艦してみるとまったく違った。

もちろん、体感として大きさの違いが倍にも三倍にも感じられるという意味だ。

聞くのと見るのとでは、まるで違う。

百聞は一見に如かずというが、まさにこれのことだった。

『大和』の主砲はすでに一度ソロモンで火を噴き、敵の新型戦艦一隻を沈めている。

期待に違わぬ働きだったのは、『陸奥』の艦上から永橋も自身の目で確認している。

（今後はその肝心かなめの砲術を自分が指揮する！）

重責だったが、永橋はそこで委縮したり、受け身になったりする男ではない。

世界の頂点に立つ戦艦の砲撃を託された。

望むところだ。

『大和』は類稀な力を与えられて誕生した戦艦で

ある。
その力の一端を見せたが、まだまだ『大和』は
そんなものではない。
自分はその『大和』の力を十全に引きだすこと
を望まれてここにいる。
わかった。『大和』にその力を存分に発揮させ
てやろうではないか。
幸い、自分にはこれまで蓄えてきた知識と経験、
さらに画期的と評される新射術もある。
それらを『大和』の巨砲と組みあわせれば、鬼
に金棒。さぞかし、おもしろいことになるだろう。
永橋は緊張して硬くなるどころか、逆に腕をさ
すって、意欲をみなぎらせた。
いよいよ、役者は揃いつつあったのである。

一九四三年一月六日　ポリネシア西部海域

戦艦『ノースカロライナ』艦長フランクリン・
ヴァルケンバーグ大佐は、雪辱の思いを胸に出撃
してきた。
ソロモンを奪いかえされ、フィジー、サモアま
で失ったことで、戦局は重大な局面に瀕している。
孤立したオーストラリアに、単独で日本軍に抗
う力などあるはずもなく、オーストラリア政府は
アメリカ政府に即時、至急の支援、対応を求めて
いる。
オーストラリアの最高指導者である第一四代首
相ジョン・カーティンは、「それが叶わなかった
場合は、我が国は重大な方針転換も辞さぬ覚悟で
ある」と、アメリカ合衆国第三二代大統領フラン

クリン・ルーズベルトに迫ったとも聞く。

　重大な方針転換とは、すなわち日本との単独講和を意味することにほかならない。

　オーストラリアの脱落は、単に日本の軍門に下ったという、同盟の一角が崩れるという範疇にとどまらない。

　イギリス海軍の活動拠点が失われ、日本への包囲網が解かれ、対日圧力が弱まることを意味する。補給の点でも大問題である。

　だから、ルーズベルト大統領は海軍作戦部にフィジー、サモア方面から敵を撃退するよう厳命を下した。

　それを受けて、太平洋艦隊はハワイ・オアフ島のパールハーバーを出撃して、太平洋を南下してきたということである。

　ヴァルケンバーグは前方をゆく新鋭戦艦『サウスダコタ』に視線を定めた。

『サウスダコタ』はワシントン海軍軍縮条約明けに建造した第二陣となる新造戦艦である。

　第一陣のノースカロライナ級戦艦が建艦設計という意味で、まだ新旧の過渡期にあったような点をあらため、徹底した集中防御を採用したことが、大きな特徴となっている。

　全長は砲戦時の投影面積を小さくするため、二〇七・四メートルと、ノースカロライナ級から一五メートル、率にして七パーセントも縮小し、艦上構造物も艦の中央にこれでもかというくらいに集中させて、被害範囲の極小化に努めた。

　その結果、艦橋構造物は一本にまとめられた煙突とも一体化して巨大な構造物として、艦の中央に据えられた。

　この艦容からも、艦橋、煙突、後檣と、それぞれのパーツが分かれて存在するノースカロライナ級戦艦とは一線を画し、『サウスダコタ』がさらに新世代へと進んだ戦艦であることを窺わせている。

主砲はノースカロライナ級と同じＭｋ６四五口径一六インチ三連装砲三基九門を積み、速力は艦体を切りつめたせいで、若干ノースカロライナ級から低下したが、砲戦時の生存性はノースカロライナ級よりも一ランクも二ランクも上と、建艦側は主張しているらしい。

その『サウスダコタ』には太平洋艦隊司令長官ハズバンド・キンメル大将の大将旗が翻っていた。

「今日はキンメル提督自らの出撃ですから、士気が高まりますすね」

「ああ。それはそうだが」

航海長フィル・フローレス中佐の言葉に、ヴァルケンバーグは答えた。

（提督は責任感が人一倍強いお方なのだろうな）

ヴァルケンバーグは今回の出撃に際して、キンメル提督が周囲の反対を押しきって、自ら出撃してきたことを知っている。

そこまで提督を動かしたのは、責任感ゆえのことと思われる。

ガダルカナル海戦（日本名第二次ソロモン海戦）で、アメリカ海軍は艦隊指揮官だったアイザック・キッド少将を乗艦『ワシントン』ともども喪失するという衝撃を受けた。

これがもしキンメル提督だったらと、周囲が自重を勧めるのも無理はない。

昔の戦争と違って、現代戦は戦線が広範囲に渡り、作戦も同時多発で進行することも多々あるため、総指揮官は最前線に出ずに、後方で戦況の分析と正確な判断を行うことが優先であるという指摘も間違いではない。

ただ、キンメル提督からすれば、ガダルカナル海戦も自分が出ていれば、また違った結果だったのではないかという思いもあるだろう。自分が安全な後方にいながら、キッド少将に困難な任務を押しつけ、死なせてしまったことは、悔やんでも悔やみきれない。

キンメル提督はそんな思いでいるに違いなかった。

自分が陣頭指揮を執ることで艦隊将兵の士気が上がるだろうということよりも、キンメル提督はそのへんのけじめと、キッド少将の仇討ちの思いを胸に、戦場に向かっているのだろうと、ヴァルケンバーグは考えていた。

ただし、敵は強い。

特に、あの『ヤマト』という戦艦は別格と言えるほど強いと認めざるをえない。

なにせ、自分はソロモンで僚艦『ワシントン』があえなく沈められるのをまざまざと見せつけられているのだ。

『ワシントン』は条約明けの戦艦として、アメリカ海軍が自信をもって建造、戦力化した戦艦だった。

それを同世代のはずの敵戦艦は、いとも簡単に撃沈してみせたのである。

『サウスダコタ』は、その『ワシントン』よりは防御力も優れているとされているが……。

ヴァルケンバーグはキンメル提督の胸の内が気になった。

ヴァルケンバーグはクェゼリン海戦（日本名マーシャル沖海戦）で、日本海軍をけっして侮ることのできない相手と認識して警戒を強めたが、キンメル提督も同じ思いでいるかどうか。

（そうであってほしい。そうであってくれ）

常日頃から「アメリカ海軍は世界一の海軍であって、太平洋艦隊こそ世界最強の艦隊である」と繰りかえし部下を鼓舞していたキンメル提督の姿が、ことさら思いだされてならないヴァルケンバーグだった。

一九四三年一月七日　サモア

日本海軍連合艦隊連合艦隊主力は、敵の来寇間近とみて、サモア沖に展開していた。

敵の太平洋艦隊主力がハワイ真珠湾を出たのはわかっているが、行き先は不明である。

これを連合艦隊司令部は、元はアメリカ領だったこと、占領してまだ日が浅いために防御が手薄と予想されること、からもっとも可能性が高い襲撃先をサモアと判断した。

だから、連合艦隊司令長官嶋田繁太郎大将は直率する第一戦隊――『大和』『武蔵』『長門』『陸奥』の戦艦四隻を筆頭に、ほぼ全力をサモアにはりつけて敵を待ちかまえていた。

もっとも、敵が南下してくる途中で西へ急転してソロモンを急襲する可能性も考えられたものの、そこで戦力を二分すれば敵の術中にはまりかねないとの参謀たちの強い主張で、サモア沖で総力戦を挑むとの方針が決定された。

もしも、敵がソロモンへ向かった場合は、引きかえしてその側面を衝く予定である。

連合艦隊旗艦『大和』らは、サモアの中心都市アピアの北側に展開している。

トラックやパラオと違って、サモアには艦隊の泊地に好適な環礁や大きな内湾は存在しないので、艦隊は基本的には遊弋の形となる。

あまり、長期の待機は難しかったのだが……。

「空襲だって？」

戦端は意外にも敵機の来襲で開かれた。

サモア沖の日本艦隊に、アメリカ軍機が襲いかかってきたのである。

周囲に陸上機を展開できる敵の飛行場はない。向かってくるのは一〇〇パーセント空母艦載機と断定できた。

「こちらに戦闘機がない今だから成立する作戦か。そこは正しい判断だ」

戦艦『日向』艦長松田千秋大佐は、敵の狙いを読んだ。

サモアは日本から見て、ざっと七五〇〇キロメートル離れた地球の裏側にあたる遠方である。

戦力の配置は思うように進んでおらず、航空戦力の進出は実現できていない。

航空機にとって、一番の脅威は航空機であるから、鬼の居ぬ間にという敵の狙いは誤りではない。

「だがな。空襲で戦艦を沈めるというのは、まだまだ夢の話だ」

それは自分たち日本海軍が一番よく知っていると、松田はほくそ笑んだ。

松田は理知的な鉄砲屋であって、初志貫徹、信念の男である。

（我々日本海軍は航空主兵主義の幻想を否定した。王道の大艦巨砲で敵を撃ちやぶると決めた以上、それで敵機もなぎ払ってやろうではないか。自分たちには、それだけの研究成果と材料がある！

さあ、行け！『大和』）

松田は前をゆく連合艦隊旗艦『大和』に語りかけた。

（遺憾なくその力を見せつけるがいい。お前は何者をも寄せつけない不沈艦として造られた。相手が戦艦であろうと、航空機であろうと関係ない。全力を出さずとも、空襲の一回や二回は容易に凌げるはずだ）

「さて」

松田はそこで、自分の役割を忘れていなかった。『大和』にすべて任せても大丈夫とは思うものの、『日向』には『日向』の役割がある。

「砲術長……」

松田は命じた。

日本海軍が研究を重ねてきた大口径砲による特別対空射撃――焼霰弾による空域制圧射撃が、いよいよ実行されようとしていた。

射撃は戦艦をずらりと並べた統制射撃で行われる。『日向』もその砲列の一翼を担うのだった。

はやる気持ちの部下をよそに、戦艦『大和』砲術長永橋為茂中佐は落ちついていた。

「弾種、零式弾。対空統制射撃用意」

命じる声に抑揚はなく、気負いは感じられなかった。

実戦で試すのは初となるが、演習や訓練で幾度も効果は確認している。

特別なことをする必要はない。訓練どおりやればいいと、永橋は冷静だった。

使用する砲弾は零式焼夷霰弾――満州総産が開発した九三試焼霰弾をルーツとした広域に物理化学的危害を及ぼす砲弾である。

対空射撃に用いた場合、炸裂後に拡散した弾子と弾片が広い空域に散らばり、リンとマグネシウムの燃焼が一帯を三〇〇〇度の灼熱地獄に変える。

『大和』の四六センチ弾の場合は、危害半径は一発三〇〇メートルにおよび、その空域内の敵機を一網打尽とすることが可能となる。

それを、複数の戦艦を動員して、多数の大口径砲に目標空域を割りふって実行する。いわば空域制圧射撃と言いかえられる射法にまで日本海軍は進化させてきた。

永橋はその中心的役割を担ってきた。

それを敵に叩きつける！

「撃《て》っ」

永橋は短く、だがはっきりと口にした。

『大和』『武蔵』『長門』『陸奥』ら幾多の砲口がいっせいに閃いた。

北の空に向けて、五〇発を超える大口径弾が放たれた。

「……弾着！」

現出した光景は、鮮烈というよりも妖艶なものだった。

夕刻まではまだ時間があったが、北の空がその瞬間に焼けた……ように見えた。

一帯が真っ赤な炎に覆われ、見えかけていた敵機の編隊がその中に呑み込まれる。

演習で効果は確認済みだ。

実戦は演習とは違うなどという弱気な自分は、永橋の中にはいなかった。

永橋は自分たちの成果と方向性に自信を持っていた。
七、八年前に航空屋の連中が鼻息荒く主張していたように、軽量小型大出力の航空エンジンと軽量高強度の機体が開発されていれば、たしかに状況は一変していたかもしれない。
水上艦艇を沈めうる爆弾や魚雷を携行しつつ、対空砲火が追いきれないほどの高速、高機動で雷爆撃機が襲ってくれば、深刻な脅威となったことは間違いないだろう。

しかし、現実にはそうならなかった。

ここ四、五年の航空機の進化は停滞し、対空砲火に関わる装備と戦術の進化は、それを上まわった。

それを自分たちは証明して、ここにいる。

永橋は両腕を組んで、結果を待った。

炎が薄れ、白煙が流れる。

「やったか」

「いや、まだだ」

大半の敵機は消失した。だが、低空を進んでくる敵機が四、五機残っていた。

あらかじめ高度を下げていた少数の機が、射程圏から逃れていたのである。

だが、慌てることはない。

射撃は概ね成功した。

次は……。

「近接射撃、開始」

永橋は命じた。

小口径弾の束が、いっせいに海面上に放たれた。

銃声が絶え間なく両耳を乱打し、真っ赤な火箭が縦横に突きのびる。

しかし、それはまだまだ空間を埋めつくすにはほど遠い。

敵機を空中で四散させたり、海面に叩きおとしたり、という望む光景は見られない。

上下左右に弾道は激しく交錯していくが、それが敵機を貫くことはない。

時折、ふらついたり、よろめいたりする敵機もあるが、撃墜には至らない。

「むう」

永橋はかすかに眉間に皺を走らせた。

永橋は的確に状況を把握していた。

近接射撃は密度も威力も十分ではなかったのだ。

射撃はまったく当たっていないわけではない。

例の近接信管の効果で、何発かは敵機の近傍で炸裂し、断片が敵機を叩いているに違いない。

それが敵機をよろめかせている要因だろう。

しかし、日本海軍の標準装備である口径二五ミリの機銃では断片が小さく、敵機に致命傷を与えられていない。

これが真実と思われる。

だから、横須賀砲術学校教頭猪口敏平大佐の進言を皮切りに、口径四〇ミリの機関砲へと大口径化がはかられ、順次換装されることになっているが、まだまだそれは始まったばかりだった。

「うむ」

永橋はうなずいた。


敵機は『大和』へ向かっている。

やはり、敵にも「大物食い」を目指そうという者が多いのだろうし、単純に目立つから狙いやすいという側面もあるのだろう。

おあつらえむきだ。

『大和』には不十分ながらも、その四〇ミリ機関砲が優先的に装備されていた。

ひとまわり大きな射弾が、敵機にまとわりつく。

まず一機。風防を上から叩きつぶされた敵機が、横転して主翼を波濤にひっかけ、三、四回海面上を転がって果てる。

機首のプロペラを欠損した敵機は推進力を失って、滑り込むようにして波間に突っ込む。

敵機が苦しまぎれに投下した魚雷一本も、まったく見当違いの方向に消えただけだ。

時間はかかったが、空襲は完全に撃退した。

永橋にとって、課題は残ったが、及第点といえる対空戦闘だったことはたしかだ。

もっとも、これはむしろ想定外だった序章にすぎない。

本番は……これからだった。


海面と空との区別もつかない暗夜だったが、電波の目は敵の接近を淡々と告げていた。

目に見える変化はない。肉眼には、なんら異常は映らない。

だが、それはむしろ言いしれぬ不気味さで、場の緊張感を高めていた。

この先に敵がいる。敵は確実に迫っている。

極限まで高まった緊張感は殺気となって、将兵の肌を刺した。

会敵は一月七日の深夜、日付が変わろうとするころだった。

敵観測機の照明弾投下が、砲戦開始の合図となった。

(随分遠いな)

戦艦『ノースカロライナ』艦長フランクリン・ヴァルケンバーグ大佐は首をかしげた。

彼我の距離はようやく三万メートルを切ったところだ。これでは、いくら照明弾の助けを得たとしても、光学測距でまともな測的などできるはずがない。

(敵もレーダーを実用化しているのだろうか)

自分たちも発展途上ながら新兵器たるレーダーを積んできている。

極論で言えば、レーダーは自ら電波を発して、目標のあたって跳ねかえってきたそれを拾って、目標の存在を知る機器と言える。

だから、日の光の有無は影響がなく、昼夜とも変わらぬ観測ができるというのがメリットとされている。

反面、デメリットは観測に熟練を要することと、そもそもの精度が甘いこと、特に三万メートル以遠になると、極端に観測精度が悪化することがわかっている。

これは地球が丸いためと言われている。電波は直線的にしか進めないため、丸みを帯びた陰にある目標をうまく捉えられないから……らしい。

敵はその限界点で、早速砲門を開いてきたというのか。

たしかに『ヤマト』と呼ばれる敵の新鋭戦艦の主砲は射程が長く、遠距離射撃は得意とするところだろう。

だが、届くのと当たるのとではまるで違う。

いくら遠くまで砲弾を飛ばせたとしても、目標に当てられなければ、それはまったく無意味である。

だから、自分たちも敵の存在には気づいていても、まだ発砲の閃光を閃かせてはいないのである。

昼戦だったクェゼリン海戦（日本名マーシャル沖海戦）でも、これほどの遠距離では撃ちあわなかったし、ガダルカナル海戦では夜戦ということもあって、砲戦距離は二万メートルを切っていた。

「敵はそれほどまでに自信を持っているというのか？　まさか」

打ちけそうというヴァルケンバーグの思いを、敵の弾着が吹きとばした。

豪快な水音を立てて、高々と白濁した水柱が突きあがる。

「艦長……」

航海長フィル・フローレス中佐が振りかえった。

格闘家を思わせる鋼のような身体を持つ男だが、予期せぬ技をかけられたかのように、表情が歪んでいた。頬は引きつり、かすかに痙攣しているようにすら見えた。

それも、もっともだった。

「これは……」

ヴァルケンバーグも驚嘆にうめいた。

初弾命中などという離れ業を敵が見せたわけではない。方位精度はまだまだ甘い。

しかし、敵は距離をぴたりと合わせてきた。

右舷に逸れた敵の弾着だったが、それをまっすぐスライドさせれば、敵の射弾は見事に太平洋艦隊旗艦『サウスダコタ』を捉えていたはずだ。

いきなりの初弾、しかも闇夜での射撃で、である。

恐るべき敵の射撃精度だった。

（ソロモンのときよりも、さらに手強くなっている）

ヴァルケンバーグの首筋を汗が伝った。

敵旗艦『ヤマト』が第二射を放つ。

発砲の閃光が鮮烈に闇を引きさく。砲声も殷々《いんいん》と伝わってきているのだろうが、飛翔速度が音速を超えているため、砲声よりも早く飛来音が轟く。

「弾着！」

自分たちが狙われているわけではないのだが、そう思ってしまうほどの威圧感が敵弾にはあった。

着実に修正された敵の弾着が『サウスダコタ』へにじり寄る。

敵の射撃は正確だ。

暗夜に三万メートル近い距離という、従来の常識ではとうてい不可能とされる条件ながら、命中の可能性を感じさせる射撃である。

少なくとも自分たちのそれを凌駕していると認

めざるをえない。

「太平洋艦隊司令部より入電！」

「…………」

ヴァルケンバーグは額に深い皺を刻んだ。

「最大戦速で突撃する。続け」との指示だった。

太平洋艦隊司令長官ハズバンド・キンメル大将は事態打開のために、接近戦を挑む覚悟を固めたのだ。

（不用意に近づいてはいけない）

まっさきに、そう思った。ヴァルケンバーグはガダルカナル海戦（日本名第二次ソロモン海戦）で僚艦『ワシントン』が呆気なく沈められるのを目の当たりにした。

アメリカ海軍が自信を持って送りだした新鋭戦艦が、ろくな抵抗もできずに初陣であっさりと撃沈されたのである。


その悪夢がヴァルケンバーグの脳裏に蘇った。

キンメル提督が将旗を掲げる『サウスダコタ』は、過渡期の設計ともいえるノースカロライナ級戦艦と違って、ワシントン海軍軍縮条約明けの新造戦艦として、真にふさわしい攻防性能を備えた戦艦であるとは聞いている。

しかし、しかしだ……敵戦艦『ヤマト』はさらにその上をいっている。

ガダルカナル海戦での戦訓から、『ヤマト』の主砲口径は少なくとも一八インチ、あるいは二〇インチ相当の巨砲と推定されているのだ。

（危険だ）

しかしながら、一介の艦長にすぎないヴァルケンバーグには司令部の命令を覆したり、拒絶したりする権限などない。

仮に異議を申したてたとしても、あっさりと却下されるのは目に見えている。

さらに言えば、ヴァルケンバーグには司令部に再考を促すだけの説得力ある代案もなかった。

仮にこのまま敵のペースに合わせていても、座して死を待つとなりかねない。

「結局、いちかばちかの策を採るしかないのか?」

ヴァルケンバーグは眉間を強くつまんだ。

接近戦に活路を見出す。それは、こちらが撃ちやすくなると同時に、敵も撃ちやすくなる、諸刃の剣だった。

もちろん、太平洋艦隊司令部としても、けっして無策ではなかったのだが。

誤算はあったが、太平洋艦隊司令部にはまだ悲壮感はなかった。

「まさか、敵にこれほどの射撃精度があるとはな」

アメリカ太平洋艦隊司令長官ハズバンド・キンメル大将は、悔しげにこぼした。

生粋の大艦巨砲主義者であるキンメルとすれば、砲術技量で敵に劣るというのは、認めたくない事実だった。

「やはり、レーダー射撃か」

「そう考えるべきでしょう」

「敵もなかなかやる」

参謀長ウィリアム・スミス少将の答えに、キンメルは忌々しいとばかりに息を吐いた。

新兵器たるレーダーについては、キンメルもレクチャーを受けている。

それは、光の有無に関係なく目標を探知できるもので、初めは航空機を対象とする対空監視機器として開発され、それが水上艦対策にも応用されるようになったと聞いている。

さらには、捜索専門だったものが、精度が高まれば測的にも使えるという発想が生まれ、レーダー射撃という新たな砲術をアメリカ海軍も生みだしつつあった。

ところが、敵はここでも先をいき、すでにレーダー射撃の実用化にこぎつけているようだ。

アメリカ海軍は世界一の海軍であって、太平洋艦隊は世界最強の艦隊であると、キンメルは自負してきた。

だから、この戦争は追いすがる日本海軍を蹴落とし、二度と這いあがれないように徹底的に叩くいいチャンスだと思えた。

ところが、敵はこの太平洋艦隊とアメリカ海軍の土台を蝕《むしば》み、一部ではすでに追いこしているとさえいうのか。

由々しき事態だった。

だが、引きさがるわけにはいかない。多くの反対意見を退けてまで自ら出撃してきた覚悟と目的とが、キンメルにはあった。

「キッドの敵《かたき》は討たんとな」

ガダルカナル海戦の敗北は戦略、戦術両面での敗北というだけでなく、精神面でも大きな打撃をキンメルに与えるものだった。

キンメルは古き良き時代の軍人らしく、指揮官は先頭に立って陣頭指揮を執るべきだという思想を脈々と受けついでいた。

ところが、ガダルカナル海戦では、キンメルは指揮を部下に委ね、彼我の戦力判断を誤って、敗北を喫した。

その部下――第五任務部隊指揮官アイザック・キッド少将以下司令部は、艦隊ごとソロモンの海に沈み、二度と帰ってくることはなかったのである。

その判断ミスの悔いは、いつまでもキンメルの胸中にひっかかって離れなかった。

だから、今回の戦いはキンメルにとっては、その悔いを改めるための戦いであって、弔い合戦でもあったのだ。

もちろん、敵が強力な新造戦艦を投入してきたという情報は、しっかりと頭に入れている。

『サウスダコタ』がいかにアメリカ海軍の最新鋭戦艦だといっても、一六インチ砲搭載戦艦で一八インチ砲搭載戦艦とまともに撃ちあったのでは勝ち目はない。

決戦距離において、自艦の搭載する砲と同等の砲撃に耐えること。それが戦艦という艦種の基本要件である。

つまり、『サウスダコタ』には一八インチ弾に耐える防御装甲はない。

すなわち、『ヤマト』の砲撃は『サウスダコタ』の機関や司令塔、主砲弾火薬庫などの重要部位をいつでも撃ちぬくことができるが、『サウスダコタ』の砲撃は『ヤマト』のいかなる重要部位も撃ちぬくことはできない。

大艦巨砲主義者のキンメルは、この点をよく理解していた。

では、どうするか。

勝機は位置取りにあると、キンメルは見ていた。

正面対決は避け、目標の艦尾めがけて撃つなど、徹底的に弱点を狙う。指向できる門数の優位もはかる。

艦尾といえば、舵や推進軸といった防御したくてもできない水上艦の急所もあるため、一撃必殺とすることも夢ではない。

また、やや不本意ではあるものの、『ヤマト』

に『サウスダコタ』と『ノースカロライナ』の二隻がかりで挑むという手段もある。

『サウスダコタ』が『ヤマト』と撃ちあっているところに、フリーとなった『ノースカロライナ』が『ヤマト』を叩く。

はじめから、『サウスダコタ』と『ノースカロライナ』の二隻で『ヤマト』を挟撃してもいい。

その仕掛けるタイミングを窺い、チャンスを逃さなければ、勝機も見えるはずだ。

速力を上げるというのは、そのチャンスをつくりだそうという意図もある。

高速航行になれば、『ヤマト』以外の敵戦艦は付いてこられずに、『ヤマト』一隻を釣りだせる。

こちらも『ペンシルベニア』以下の旧式戦艦が追随できなくなるのは同じことだが、それはそれでいい。

『ヤマト』一隻に『サスウダコタ』と『ノースカロライナ』の二隻であたることができれば十分だ。

キンメルは元来プライドの高い男である。

前任者が母港移転のことで大統領と対立して解任された後、異例の三一人抜きで現職に就いた。

しかも二階級特進というおまけつきである。

砲術畑を歩み、戦艦戦隊に指揮官などを経た自分が、ついにその頂点たる太平洋艦隊の長官になることができた。

それはキンメルの自尊心をおおいに刺激し、さらにプライドを高くしたのだが、そのプライドをかなぐり捨ててでも、今回の戦いは必ず勝つと、キンメルは不退転の決意でいた。

一方で、一対一にこだわらなければ勝てる。それで、結局は我が太平洋艦隊が世界最強であることを示せばいいのだと、キンメルは自分を納得させていた。

速力を上げたため、敵の弾着は一時的に離れていった。

もちろん、敵はすぐに修正をかけてくるはずだ。先手先手をうっていく必要がある。

「針路、二六〇度」

「針路二六〇度、面舵一杯」

キンメルが命じ、『サウスダコタ』艦長トーマス・ガッチ大佐が復唱した。

しばらくして、『サウスダコタ』の前後に圧縮された艦体が、右向きに弧を描く。合わせて前部背負い式の主砲塔二基は左へ旋回し、後部の主砲塔一基は右に旋回して、敵戦艦『ヤマト』を指向していく。

針路二六〇度というのは、敵の進行方向を横切ろうというものだ。

無視して直進してこようものなら、頭を押さえて集中砲火を浴びせる。

敵が呼応して同航戦を選ぼうとしたら……キンメルには考えがあった。

二隻合計一八門の一六インチ砲が、『ヤマト』に狙いを定める。

「いつでもいけます」

スミスが報告したとき、敵が動いた。

「敵一番艦、取舵に転舵。針路三五〇から三三〇……三〇〇！」

「かかったな」

「はっ」

キンメルはスミスと顔を見あわせて、にやりと笑った。

「急速回頭。針路一七〇度！」

してやったりと、キンメルは命じた。

敵が同航戦に応じようとしてきたら、それをかわして背後にまわり込む。

キンメルはこれを狙っていたのだった。

戦艦の火力はどういう思想で設計しようとも、前方火力に比べて、後方火力は弱いのは常識中の常識である。

敵を背負って砲撃しようという馬鹿は、世界中どこを探してもいるはずがない。

潜水艦の一部には逃走を助けるために後部雷装を重視したものも存在するが、それは鈍足で隠密行動を主とする潜水艦ゆえの特殊事情であって、例外にすぎない。

戦艦の場合は追撃を見越して、主砲塔すべてを前部に集中配置する例さえあるほどだ。

すなわち、『ヤマト』の背後をとれば、『ヤマト』の火力を大幅に封じたのも同然となるのである。


逆に自分たちは、『サウスダコタ』と『ノースカロライナ』の二隻で集中砲火を浴びせることができる。

「砲撃用意！」

キンメルは暗夜のなかに、勝利の光を見出したような気がした。

もちろん、『ヤマト』も再回頭してくるかもしれないが、ばたばたしているうちは、まともな砲撃などできやしない。

そのうちに、討ちとる！

『サウスダコタ』は最大戦速の二七ノットで進む。

縦横比が小さく肥えて見える艦体が強引に波濤を押しくずし、司令塔や前檣楼、煙突、多数の両用砲まで、中央に密集させた巨大な艦上構造物が夜風を押しのける。

敵一番艦——『ヤマト』の動きを注視するキン

メルらだったが、次の発砲炎は思わぬ方向で閃いた。

「正面に発砲炎」

「なに？」

キンメルは首をかしげた。

ありえない発砲の痕跡だった。

敵も速力を上げたことはわかっている。

そして、自分たちの戦艦もそうだが、ワシントン条約以前の旧式戦艦はどれも高速と呼べる艦などなかったはずだ。

唯一の高速戦艦は砲力に劣るコンゴウ・タイプの巡洋戦艦だが、それはクェゼリン沖であっさりと沈んだのを見ても、もはや砲戦の一線で働ける艦ではない。たとえ生きのこりがいても、敵がそれを前面に出してきたとは、とうてい考えられない。

かといって、『ヤマト』が追いついてきたにしては早すぎる。

あれは……なんだ。

しばらくして、大口径弾特有の甲高い風切り音が聞こえてきた。加速度的に増すそれは頭上を圧し、ついには極大に達して飛び込んでくる。

轟音が耳を聾し、強烈な風圧が『サウスダコタ』の司令塔を震わせた。

「Ｗｈａｔ……」

キンメルらは振りかえった。

弾着位置は『サウスダコタ』の左舷やや後方だった。数百メートルは離れているが、抜きんでた圧迫感だ。

豪快に抉られた海面から、白濁した水柱がそそり立ち、それは『サウスダコタ』の艦橋をはるかに超える高さまで昇っていく。

明らかに一六インチ弾を凌ぐ巨弾でしかなしえない芸当である。

暗夜の海面に忽然と現れた白い水柱――それは巨大な墓標のようにすら見えた。

「提督……」

スミスがかぼそい声をこぼし、ガッチはこわばった表情で絶句した。

キンメルも片目を吊りあげ、痙攣するように眉毛を震わせた。

大艦巨砲主義者だからこそ、なおさらわかる危険と脅威だった。

「まさか」

「同型艦……」

スミスからガッチに継がれた言葉に、キンメルも同意せざるをえなかった。

「二番艦がいたとはな」

キンメルは苦々しくこぼした。

これは完全な想定外だった。

敵を挟撃するどころか、これでは挟撃されるほうではないか。しかも、この位置関係では自ら進んで入ったようなものだ。

とんだ失態だった。

（どうする？）

悔やんでいても仕方がない。嘆いていても、状況が改善するわけでもない。少しでも有利に戦うためにはどうするか考えねばならないと、キンメルは思考を切りかえた。

「一番艦か二番艦に砲撃目標を絞るべきかと」

スミスが進言した。

敵の一、二番艦が口径一八インチ以上の主砲を持つ「格上」とわかった以上、『サウスダコタ』と『ノースカロライナ』でそれぞれ一対一の砲戦となれば分が悪い。

やはり、ここは二対一の状況をつくるべきだと、の、スミスの考えだった。

キンメルにも異論はない。

問題は当初の計画どおりに、一番艦『ヤマト』を狙うか、あるいは新たに出現した二番艦を狙うかだ。

「……二番艦を狙おう」

キンメルは決断した。

「一番艦を叩けば、そのうちに敵二番艦が追いすがってくる格好になる」

二番艦を狙って、うまく撃破できれば、一番艦も各個撃破できるチャンスも生まれるかもしれない。状況が思わしくなくても、二番艦になんらかの打撃を与えられれば、そのうちに乱戦に持ち込んだりできる可能性がある。

「イエス、サー」

スミスは応じた。

「『サウスダコタ』『ノースカロライナ』、砲撃目標、敵二番艦。『ノースカロライナ』に命じます」

「砲撃目標、敵二番艦！」

ガッチが逼迫感を滲ませつつ、声を張りあげた。

左舷を指向していた『サウスダコタ』の主砲塔が、正面方向に向きなおる。

『サウスダコタ』と『ノースカロライナ』の二隻は敵二番艦――『武蔵』との砲戦に入っていった。

結局、『大和』に向かってきた敵弾はなかった。あたふたする敵の様子が、手に取るようにわかった。

「やはり一隻だけと、二隻になるのとでは、雲泥の差ですな」

連合艦隊司令部参謀長福留繁少将が、痛快そうに相好を崩した。

「敵は、強敵は本艦のみと見て、向かってきたのでしょうが、そこに『武蔵』が現れた。敵将の慌てる顔が目に浮かぶようです」

否定はしなかったが、連合艦隊司令長官嶋田繁太郎大将はまだ、手綱を締めにかかっていた。

とはいえ、敵の目は『武蔵』にいってしまった。

「『武蔵』は初陣だ。あまり無理をさせるわけにはいかん」

嶋田は『大和』艦長高柳儀八大佐に視線を流した。

「頼むぞ」との視線に高柳が応じる。

「本分を尽くします」

雑念のない海の武人らしい言葉だった。

自分はこの艦の艦長であり、指揮を任されている。全力を尽くすのは当然として、艦の力を最大限に引きだすことができるよう運用するのが、自分の役割である。そこに、余計な言葉はいらない。

そんな高柳の姿勢が表れた、ひと言だった。

『大和』は急遽反転して、針路を逆に戻そうとしていた。

今度は『武蔵』に向かう敵の側面を、『大和』が衝く。

そうした相対関係だった。

「敵旗艦に集中射。可及的速やかに敵旗艦を撃沈せよ」

「はっ。本艦目標、敵旗艦。回頭終了次第、砲撃再開します」

嶋田の命令に、高柳は復唱した。

『武蔵』がすでに発砲しているのは、『大和』の艦上からも観測できた。

(さぞかし、はりきっているのだろうな)

戦艦『大和』方位盤射手三矢駿作特務少尉は、

胸中で微笑した。

『武蔵』の射撃指揮所では同期で親友の池上敏丸特務少尉が、同じ方位盤射手として奮闘しているはずだった。

戦艦の射手に任じられたのは池上が先だったが、大和型戦艦の射手となったのは同時である。

そして、三矢が一番艦『大和』の、池上が二番艦『武蔵』の、方位盤射手に任じられた。

そういう意味では互いに新人だし、負けられないとの思いが三矢にもある。

当然、これも新任の砲術長永橋為茂中佐も同じ思いなのかと思ったが、その口から出た言葉はそれとは真逆のものだった。

「あまり、きばらんでいいぞ。『武蔵』は初陣だからな。花を持たせるくらいでいい。それが大人の余裕というやつだ」

三矢をはじめ、同僚たちが一様に目をしばたたいた。

連合艦隊の各艦は、互いにライバル意識が強い。同型艦ともなれば、装備は同等で乗組員の腕が戦果を左右するから、その思いは一層強くなって当然だ。

てっきり、「本艦は先輩で実戦経験も積んでいる。一番艦として二番艦の後塵を拝することなど許されん。これを肝に銘じ、全弾必中、一撃必殺の覚悟であたるべし」などという野太い声を、自然に期待していたのだ。

はぐらかされた思いになるのも当然だった。

ただ、それを真に受けて、甘えていては危険だ。

実際に『武蔵』のほうが優勢になった途端に、

「なにをやっとるか！　だらしない。気合が足らん」

などと豹変されてはたまらない。

そのつもりで事にあたらないと、大変な目に遭いかねないと、目立たないように三矢らは目配せして、それぞれの役割に没頭しはじめた。

「星弾放て」

「はっ。星弾放ちます」

まず照準は度外視して、星弾を放つ。

星弾とは弾体内にマグネシウムや硝酸ナトリウムなどの照明剤を内包し、炸裂と同時にそれに点火して発光させる弾種である。

目標周辺に撃ち込み、状況を探る。

日本海軍の射法も変革の時期にさしかかっている。

それは、電探を測的に応用する、いわば電測照準の概念を導入しはじめたことである。

今のところ、精度という意味で昼間の光学測的と同等とまではいかないが、昼夜を問わずに同じ観測値が得られる電探は革新的と言える。

それを光学測的と組みあわせて、最適な測的値を得ようと模索しているのが、日本海軍の現在地だった。

だから、星弾を併用する。

星弾の青白い光が、遠方で拡散する。

はっきりとは難しいが、目標の敵旗艦らしき影が垣間見える。

次も星弾を放つ。

これは、あらかじめ決めておいた措置だ。

大和型戦艦の主砲弾は弾種によっても違いはあるが、全長二メートル、重量一・五トンクラスの巨弾となるため、それなりに半自動化された装填ラインに載せておかないと、すみやかに反復しての発砲は不可能である。

つまり、榴弾だ、焼霰弾だ、と突然弾種を変更して発砲することはできない。

だから、永橋はあらかじめ星弾を二斉射すると決めていた。

そして、三射めからが本命の徹甲弾となる。

「三番主砲塔、射界入りました」

「うむ」

永橋は鷹揚にうなずいた。

計算どおりだ。

『大和』は目標に艦首を向けて、しゃにむに突進するのではなく、左半身の姿勢に斜めに向かっていた。

永橋が要望したことで、それによって後部の三番主砲塔を遊ばせることなく使うことができる。

地味で単純なことだが、これは大きい。

「装填よし」

「照準よし」

「射撃準備完了」

「撃《て》っ」

永橋は短く、強く発した。

実は永橋も『大和』では新人である。前任の黛治夫大佐とは砲術学校教官の先輩後輩としての付きあいも長かったので、なおさら良い報告もしたい。

だが、永橋はそれで緊張して我を見失ったり、縮こまって動けなくなったりする器の小さい男ではなかった。

『陸奥』砲術長として米英艦隊との大きな海戦を複数こなしてきた戦訓を『大和』に吹き込む。

『大和』は初陣でこそないものの、まだまだ実戦経験の乏しい艦である。乗組員も修羅場をくぐってきたとは言いがたい。

そこに必要な気構え、心構えを身につけさせていくのが自分に求められている役割だと、永橋は理解していた。

「撃《て》えー！」

渾身の念をもって、三矢は主砲発砲の引き金を絞った。

各砲塔一門ずつの試射とはいえ、四六センチ砲の発砲は、『熊野』の二〇・三センチ砲とは桁違いの迫力である。

目の前に火花が散ったかのような錯覚を覚え、反動が腹の奥底にずしりと響く。

紅蓮の炎が暗夜の海上に伸び、その光の下で海面が爆風によって、真っ白にさざ波立つ。

三矢らは目標の追尾を続ける。

夜目にも白い水柱が噴きのびるが、もちろん、『大和』のものではない。『武蔵』の射弾によるものだ。

水柱の数は少なく、命中のものらしき閃光や橙色の炎は見られない。

『武蔵』はまだ本射に入っていないらしい。

また、見逃せないのが、敵がまだ砲門を開いていないことだ。

主砲の射程で『大和』『武蔵』が上まわっているのはもちろん、測的でも自分たちは敵の一歩先をいっているのかもしれない。

大和型戦艦の建造は日本海軍が長年蓄積してきた技術と教訓の集大成ともいえるものだったが、日本単独ではここまでの戦艦には仕上がらなかったはずだ。

これは新興国家「満州国」抜きには語れない。

これまで世界各地に散らばっていた研究者や技術者たちの斬新な発想と高い技術によって生みだされた装備品が、大和型戦艦には様々導入されている。

その実力がいかんなく発揮されているのである。

「弾着！」

「全近。上げ二、錨頭、右寄せ三」

永橋の指示で、砲塔と砲身を微修正する。

やはり、距離はそこそこだが、方位精度が低い。

これが、夜間射撃の傾向であって、現在の実力であることに変わりはなかった。

こうした戦訓は海軍技術研究所や満州国の半官半民の総合軍需企業である満州総産、略して「満総」にも伝えられて、各種兵器の開発と改良に役立てられていくはずだったが、それが前線に届くまでにはまだ時間がかかりそうだ。

とにかく、三矢らは今できる最善のことを粛々と進めるしかない。

『大和』は二射、三射と繰りかえす。

発砲のたびに、筒状の艦橋構造物が悠然と闇のなかから姿を現し、反りあがった前甲板が赤い光を反射して輝く。

「全遠。下げ一、錨頭、左寄せ二」

そこで、目標付近に複数の光球が弾けた。

しかも、やや離れたところにも同様にだ。

『武蔵』の命中弾ではない。敵の一、二番艦がようやく発砲しはじめたのである。

（しめた）

三矢は小さくうなずいた。

『大和』は敵に先んじて射撃を始めたものの、その弾着は右に左になかなか定まらなかった。

しかし、ここであらためて目標の位置がはっきりと特定できた。

次は外さない。

「撃《て》え！」

三矢は再び引き金を絞った。

痛烈な砲声が夜気を震わせ、糸を曳くような弾道が目標へ向かって、まっすぐに伸びていった。

『武蔵』の周囲に複数の水柱が立ちのぼった。

(よりによって、本艦に来たか)

『武蔵』方位盤射手池上敏丸特務少尉は、あからさまに顔をしかめた。

艦長有馬《ありま》馨《かおる》大佐も表情にこそ出さなくても、同じ思いだろう。小心翼々というわけではないものの、事象を事細かに捉えて、積極的に応じていくというのが艦長のやり方だ。

今ごろ、どう応戦してやろうかと、頭をフル回転させているに違いない。

『サウスダコタ』と『ノースカロライナ』の集中射が、『武蔵』を襲いはじめていた。

重量一二二五キログラムのＭｋ８一六インチ徹甲弾がうなりをあげて闇を貫き、盛大に海面を抉っていく。

だが、命中というにはほど遠い。

飛来音は失速して消えるか、頭上を越えて遠ざかるかして、圧迫されるようなものはまったくない。

弾着による水柱は、もっとも近いものでも五〇〇メートルは離れている。

射撃精度という点では、まだまだだ。

「慌てることはない。あたふたせずに集中して狙え」

『武蔵』艦長有馬馨大佐がつぶやく。

こういうときこそ、雑念を排して自分の仕事に没頭すべきだ。初陣だが、過剰に意識することはない。敵を侮ってはいけないが、過大視する必要もない。

自信を持っていい。それが、有馬の考えだった。

『武蔵』も『サウスダコタ』へ向けて、射撃を続ける。

相対位置は互いに相手を斜め前に見る反航戦の位置にあるため、発砲できるのは前部の砲塔二基六門となる。

背負い式に設けられた太く長い砲身が轟と炎を吐きだし、重量一・五トンの徹甲弾が、初速七八〇メートル毎秒で飛びだしていく。

弾道を安定させるために、毎秒六〇回転で自転する砲弾は、通過する空間を真空に変えていく。急激な空気の圧縮とそれによる物理的変化のためである。

そこで、目標から異質な閃光がほとばしった。明らかに発砲炎ではない。そして、残念ながら『武蔵』の命中弾によるものでもない。

『大和』が得た命中弾だった。

(くうー)

池上は歯噛みして、悔しがった。

『大和』の命中弾はライバル視する三矢駿作特務少尉の命中弾と言いかえることができる。

『武蔵』が『大和』に後れを取るということは、池上が三矢に後れを取るということと同義語なのである。

さらに『武蔵』が空振りに終わったところで、『大和』の次弾は命中する。

先の一撃は派手な結果を見せなかったが、今度は爆発のそれとわかる赤い火球が弾け、火災の炎を残していく。

砲熕兵装を破壊したのは間違いなく、うまくいけば主砲塔の一部を損壊させたのかもしれない。

そこに、『大和』が追いうちをかける。

大きく煽られた火災の炎が海上に流れ、そこにまた新たな炎が加わって、『サウスダコタ』の現状をあらわにする。

　はっきりとはわからないが、いびつに見える。

　ワシントン海軍軍縮条約明けに建造された敵の戦艦からは従来の籠マストや三脚檣が姿を消し、尖搭状の艦橋構造物と、どこか無機質に見える角型の上構が特徴とされているが、それが崩れているのだ。

　艦上構造物の上部を削ぐか、側面を抉りとったのは確実である。

　特にサウスダコタ級戦艦は前級ノースカロライナ級戦艦から一段と艦容は近代的に変貌している。

　前檣、後檣、煙突と、それぞれ独立していたものが一体化されているのだ。煙突も二本あったものが、一本にまとめられており、それらが集約された構造物は艦上に据えた要塞さながらだった。

　その強力な近代要塞に、風穴を開けたのである。


（三矢め）

　戦況としては好ましいことだが、個人的には手放しで喜べることではない。本音はおもしろくない。

　さらに、池上を苛立たせる展開は続く。

　眼下に火花が散り、金属的な異音が両耳にねじ込まれる。

（被弾した⁉）

『武蔵』は敵に先制弾を許した。『サウスダコタ』の一撃が、一番主砲塔を直撃したのだ。

　そのうえ、『ノースカロライナ』の射弾が、艦首をかすめる。

　左右に大きくフレアの付いた艦首にぶちあたりながら、水柱が突きたち、多量の水塊と泡とが巻きあげられている主錨を覆いかくす。

　もっとも、被害らしい被害はない。

　主砲塔のほうは『武蔵』が纏う分厚い装甲のな

かでも最大となる六五〇ミリ厚の前盾が敵弾を弾きかえし、艦首の至近弾もこれといった打撃はない。

しかしながら、屈辱的だった。

砲の射程で上まわり、先に砲撃を始めたにもかかわらず、命中弾を得たのは敵が先だった。

砲術技量が敵に劣ると証明されたようなものだ。鉄砲屋としては最大の屈辱だった。

次の『サウスダコタ』の一撃は、右舷舷側に命中した。これも分厚い装甲が貫通を許さず、敵弾は表面を滑って海中へ消えただけだが、精神的にはけっして良いものではない。

露骨に態度に出すことはなかったが、砲術長や艦長は池上以上に悶々としているはずである。

初陣だというのは理由にならない。

実戦経験はなく、認めたくはないものの、砲の取りあつかいにまだ完璧には習熟していないというのも事実なのだろう。

だが、実戦に出てきた以上は、言い訳は許されない。

たとえ、どんな条件や状態であろうとも、撃ちまければ沈む。

それだけのことだ。

焦りが迷いを呼び、迷いは判断力を鈍らせる。そんな悪循環にも陥っていたのかもしれない。

もちろん、だからといって、いつまでもやられっ放しでいるわけにはいかない。

自分を信じ、自分でやるしか、打開の道はない。

艦内電話で砲術長が艦長とやりとりしている。後で聞いた話だが、何発食らっても艦はもたせてみせるから、艦は右往左往させない。だから安心して撃て、との指示だったらしい。

それが艦長の判断だった。能動的に動き、意思表示する艦長らしい指示だ。

（舐めるな！）

一〇射を数えるころだった。

待望の命中弾の痕跡に、三矢は目を見張った。

「命中！」

砲術長の声も、いつになく響く気がした。

しかも、これはかなりの有効弾になったようだった。

命中の閃光に続いて、めくるめく炎が艦上から溢れ、それを背景として棒状のものが回転しながら空中に跳ねとぶのが見えた。

『武蔵』の一撃は目標の砲塔を破壊したか、少なくとも砲身一本はもぎとったらしい。

確たる戦果である。

「どうだ！」と、たまりにたまった鬱憤を『武蔵』がいっきょに晴らした。

そんな光景に見えた。

（そうだろうよ）

池上は『武蔵』の心中を察した。

『武蔵』は『大和』と同じく、世界最大最強の戦艦として竣工した艦である。

どんな敵が来ようとも、それを圧倒して退ける不沈艦と期待されて誕生した艦だから、なおさらである。

こんなところで足踏みしているわけにはいかないのだ。

古くから、船乗りにとっては、乗船する船は良き相棒であって、愛着をもって扱うのが普通である。『武蔵』も自分たちと同様に、怒髪天を衝く思いだっただろうと、池上は考えていた。

艦長もさぞかし安堵したことだろう。だが、溜飲を下げるのはまだ早い。

「次より本射」

「次より本射。宜候」

砲術長の指示に、池上は復唱した。

『武蔵』もいよいよ全力射撃に入った。発砲可能な全門が炎を宿し、敵に巨弾を叩きつけるのである。

そうはさせまいと、敵は二隻がかりで『武蔵』に一六インチ弾を浴びせてくる。

「二番主砲塔に直撃弾も損害なし」

「右舷艦尾に直撃弾、カタパルト損傷」

「左舷中央に直撃弾も損害なし」

「左舷前部に直撃弾。火災発生も鎮火しました」

被弾を繰りかえしたものの、戦闘、航行に支障はない。損害は皆無とはいかないが、いずれも軽傷である。『武蔵』の浮沈を脅かすほどのものではない。

直径五メートルに達する四軸のスクリュー・プロペラは巨大な水塊を難なく蹴りだし、弓なりに反りあがった艦首の左右には、変わらず白波が立ちあがる。

「射撃準備完了！」

「撃《て》い」

「撃《て》えー！」

「どうだ」と言わんばかりに、『武蔵』は咆哮した。

目もくらむ閃光が闇を引きさき、強烈な砲声が殷々と海上を押しわたる。

（この戦《いくさ》、もらった！）

このとき、池上は勝利を確信した。

旗色は悪かった。

箸にも棒にもかからないというわけではなく、むしろ命中弾はより多く得ているというところが、またもどかしかった。

アメリカ太平洋艦隊司令長官ハズバンド・キンメル大将の将旗を翻した戦艦『サウスダコタ』は、戦艦『ノースカロライナ』と協力して敵二番艦への集中射を敢行した。しかし、結果的に撃ちまけているのである。

大艦巨砲主義を信奉するキンメルからすれば、まったくもって承服しがたい現状だった。

「ヤマトクラスの戦艦というのは、これほどまでに強力だというのか」

先制したのは『サウスダコタ』であって、すぐに『ノースカロライナ』も続いた。

アメリカ海軍の誇る新型の一六インチ砲――Mk6四五口径一六インチ砲が、重量一二二五キログラムの徹甲弾を敵二番艦に見舞う。

その艦上には幾度も命中の閃光が走り、ときには火炎が揺らぐこともあったが、そのたびに敵二番艦は平然と撃ちかえしてきた。

まるで一六インチ弾の被弾など、かすり傷にすぎないのだと、火力が衰える気配はまったくなかった。

対して、『サウスダコタ』の損害は深刻の度を深めている。

主砲塔は二番、三番砲塔が潰され、火力は三分の一に削がれている。

特に三番主砲塔は天部が真っ二つに破られて、原形をとどめないほどに破壊されており、これでよく弾火薬庫まで火がまわらなかったものだと、不思議に思えるくらいだった。

報告によると、身を挺して注水にあたった兵が間一髪で引火、爆発を阻止したとのことだが、『サウスダコタ』はそうした瀬戸際まで追いつめられたということだった。

艦上にはいくつもの大穴が穿たれ、破孔は鋭利な断面を覗かせている。

敵に向いた右舷側の両用砲と機銃は一基残らずなぎ払われており、瓦礫の堆積場と化している。

喫水線下を破られてできた亀裂からは大量の海水が艦内に流れ込み、艦の喫水線はどっぷりと深まってきている。

そこに、再び『武蔵』の一撃が襲う。

金属的叫喚が轟き、艦が激しく揺らぐ。異臭が鼻を衝く。

命中弾は艦橋構造物と一体化した煙突の頂部を抉り、濛々とした排煙が周辺に拡散しはじめたのだった。

参謀長ウィリアム・スミス少将が煙を吸って咳き込み、ほかの参謀たちは慌てて鼻と口を塞ぐ。

さらに容赦なく『武蔵』『大和』の弾着が続く。

背中から鈍い音が伝わり、キンメルらは大きくのけぞった。

「まずいな」

致命的な一撃を食らったのだと、キンメルは直感的に悟った。

報告を聞くまでもない。艦の行き足は衰え、艦体は後ろよりに傾斜しはじめている。

決定的な打撃を受けたのは明らかだった。

サウスダコタ級戦艦は防御力向上を目的として、砲戦時の投影面積の縮小とバイタルパート――弾火薬庫や機関といった重要部位を覆う区画を圧縮して、そこに重点的に装甲を割りふるように設計されている。

そのため、艦体そのものが切りつめられて居住性が悪化するばかりでなく、兵装の搭載も非常に窮屈となっていた。

ノースカロライナ級戦艦に比べれば、艦上に並ぶ構造物の配置は一見して半分ほどに詰められているように見えた。

五インチ両用砲塔などは、ほとんど隙間もないほどに密接して置かれている。

それが災いした。

先の被弾で密集した両用砲が連鎖的に爆発して、艦上には巨大な破孔が口を開けていた。

あろうことか『武蔵』の四六センチ徹甲弾は吸い込まれるようにして、そこに飛び込み、機械室と缶室とを半壊させたのである。

これによって、推進力を大幅に失った『サウスダコタ』は洋上をよろめきはじめた。

さらに、浸水をかろうじて食いとめていた応急措置の隔壁も衝撃で吹きとび、奔流となった海水が艦内になだれ込んできたのだった。

それでも唯一残っていた最前部の一番主砲塔は発砲を続けたが、この状態で命中弾など得られるはずもなかった。

「結局、キッドの仇討ちはできなかったな」

キンメルはぽつりとこぼした。

意外にもさばさばした声だった。悔しさというよりも、自分の期待と現実とのあまりの乖離に、唖然としたキンメルの様子だった。

（敵がこれほどまでの戦艦を造ってきたとはな）

完全な想定外だった。

艦と砲のみならず、レーダーなどの装備品も乗組員の練度と技量も、なにもかも敵が上だったと認めざるをえなかった。

アメリカ海軍は世界一、太平洋艦隊こそ世界最強の艦隊だというキンメルの自負は、音を立てて瓦解したのである。

虚脱感にさいなまれても当然だった。

「艦長。総員退去を命じたまえ。この艦はもう長くはもつまい」

沈痛な面持ちの『サウスダコタ』艦長トーマス・ガッチ大佐に、キンメルは付けくわえた。

「気に病む必要などない。貴官に責任はない。すべてはこの私の判断ミスによるものだ。貴官も乗組員たちも、よくやってくれた。

これだけの新造戦艦をたった一度の海戦で沈めてしまうのは断腸の思いだが、貴官らが責任を感じることはない。生きて再起を期してほしい。

そしてだ。

この『サウスダコタ』の無念を、いつの日か晴らしてくれることを望む」

「提督……」

「早くしろ。残り時間はあまりないぞ。行け」

わりきれない表情のガッチだったが、キンメルはその背中を押してやった。

海水を飲み込んでの傾斜とともに、艦内には火災の炎も広がっている。司令塔にも迫ってきているのか、熱気が伝わり、うっすらと空気が霞んできたようにも思えた。

異音も絶えず耳に入り、常に艦のどこかが傷んでいるのがわかった。

限界は近い。

「参謀長らも早く退艦せよ」

「提督はいかがなされるのですか?」

聞かなくてもわかっていたが、あえてスミスはキンメルの意向を確認した。

こんな大事なことを勝手に思い込んで行動することはできない。自ら口頭で発してもらわないと、誰も動けやしない。

「私か？」

キンメルは空虚な笑みを見せた。

「決まっているだろう。わざわざ答えさせるのか？」という笑みだった。

「私は残る。この敗北の責任は私がとらねばならん。多くの判断ミスを犯し、太平洋艦隊、ひいては我が海軍に多大な損害をもたらしてしまった。ひとえに、私の責任だ」

「…………」

沈黙するスミスを前に、キンメルはうなずいた。

仮におめおめとハワイや本国に逃げかえっても、もはや自分の居場所などどこにもない。

敗軍の将と蔑まれ、後ろ指を指される毎日が待つだけだ。

軍では査問委員会にかけられ、あることないこと責任を追及されて、二階級降格のうえ、予備役に編入される。

そんなところだ。

大敗した責任は誰かに背負わせねばならない。

たとえ、それが避けられないことだったにしても、やむをえない事情があったにしても、不問はありえない。世論対策の意味でも、標的をつくらねばならない。それが軍というものだ。

自分の命運は尽きた。

そんな不名誉な生き方など、とうてい耐えられない。

キンメルがこう考えるのも、もっともだった。

「最後の命令だ。『ノースカロライナ』以下に打電。『反撃しつつ反転。ただちに戦闘海域を離脱せよ』」

「はっ。ただちに打電します」

キンメルの意志が固いとみたスミスは、それ以上は口にしなかった。

翻意させようとしても、とても無理だ。

キンメルの表情から、スミスは読みとっていた。

そこで、一段と異音が高まり、艦の傾斜が強まった。

『サウスダコタ』はのけぞるように後傾斜が進み、艦内ではもはやなにかに掴まっていなければ、立っていることとさえ困難となりつつあった。

「早く行け！」

「はっ！」

キンメルの怒声に、スミスらはいっせいに敬礼して、踵を返した。

それが、キンメルの姿を見た最後となった。

キンメルは旗艦『サウスダコタ』とともに、ソロモン海の水底に沈んでいった。

それが、アメリカ海軍のエリートとして、誰もが羨む道を歩いてきた男の、急落した最期だった。

必死の応戦だった。

「格下」であることを思いしらされつつも、戦艦『ノースカロライナ』は攻撃こそ最大の防御とばかりに、砲火を閃かせつづけていた。

状況は極めて悪い。

艦長フランクリン・ヴァルケンバーグ大佐からすれば、ソロモンの悪夢を再生して見せられているかの気分だった。

しかも、ソロモンで沈められた『ワシントン』は新造戦艦とはいえ、第二次ロンドン条約の締結を見越して、主砲口径の上限が一四インチになるという前提で設計されていた戦艦だった。

それを軍縮条約が破棄されたことから、急遽一六インチ砲搭載戦艦にあらためたため、元々防御力に不安があることはわかっていた。

しかし、『サウスダコタ』は違う。

設計段階から純粋に一六インチ砲搭載戦艦として計画され、それに見合った装甲も備えるべく、防御を強化して建造したアメリカ海軍自慢の戦艦……のはずだった。

それが、あっさりと無力化されたことは、驚きと落胆を禁じえない。

すでに太平洋艦隊司令部からは撤退命令が出ており、『ノースカロライナ』も決死の逃避行に入っている。

「『サウスダコタ』は？」

悲痛な顔を向けるヴァルケンバーグに、航海長フィル・フローレス中佐が静かに首を横に振った。

ヴァルケンバーグが『ノースカロライナ』に赴任してから、苦楽をともにしてきた男である。体格はすこぶるよく、素手で戦ったほうが強いのではないかと思えるような男だが、自分をよく支えてくれていると思う。

自分の意向をよく理解して行動してくれている。信頼できる部下だ。

そのフローレスの表情も暗かった。

『サウスダコタ』は敵一、二番艦の集中射を浴びて深い傷を負った。

『ノースカロライナ』も必死に援護したつもりだったが、浸水と火災の二重の災厄による被害は、もはや手の付けられない状態にまで至ったのである。

だからこそ、『サウスダコタ』艦上の太平洋艦隊司令部も、砲戦を打ちきっての撤退を命じたのである。

ソロモン海で艦隊指揮官アイザック・キッド少将が座乗する戦艦『ワシントン』が撃沈されるのを目の当たりにしたのと、またもや同じような光景を見せられることになるとは痛恨の極みだった。

ヴァルケンバーグは初め、撤退という命令の受領に躊躇した。

ここで、艦を反転させてしまえば、『サウスダコタ』は敵前に取りのこされる格好となる。

旗艦を見捨てて、自分だけ逃げようという気持ちには、なかなかなれなかった。

しかし、その一方で自分には『ノースカロライナ』とそこで働く二〇〇〇名前後の乗組員を守るという義務があるのも、ヴァルケンバーグは理解していた。むしろ、自分に望まれるのは、そちらを優先すべきことなのだということも。

フローレスはそうしたヴァルケンバーグの意を汲んで、ただちに反転、離脱すべきだと進言した。ぐずぐずしていては、共倒れになってしまう。太平洋艦隊司令部も、それは望んでいないと。

寡黙なフローレスにしては、これまで聞いたことのない強い口調に、ヴァルケンバーグは原点に立ちかえって、決断することができたのだった。

こうして、『ノースカロライナ』は反転して、撤退を急いでいる。

問題なのは、敵の追撃が想像以上に執拗だったことだ。

とにかく、切りかえが早い。

そこで、視界が霞み、艦が激しく揺さぶられた。衝撃に司令塔の防弾ガラスが割れ、硝煙のにおいが鼻を衝く。

「左舷中央に至近弾！　火災発生」

「後檣に直撃弾！　後檣全壊」

致命的な損害ではない。まだ戦える。しかしだ……。

「『ヤマト』」

ヴァルケンバーグは射弾を浴びせてきた敵一番艦の名を口にした。

（かなり頭の切れる者が乗っているのだろうな。艦長か、あるいは砲術長あたりか）

ヴァルケンバーグは恨めしげにつぶやいた。

二番艦とともに、『サウスダコタ』に集中射を浴びせている間は、言い方は悪いが『ノースカロライナ』は安全だった。

だが、『ヤマト』はあるときから、『ノースカロライナ』へ目標を切りかえて砲撃を始めた。

まだ、『サウスダコタ』に無力化される兆候など、まったくないうちにだ。

『ヤマト』の艦長あるいは砲術長は、すでにその時点で『サウスダコタ』との勝敗は決したと見切ったのだろう。

このまま砲撃を続けても、過剰な戦力行使にすぎない。あとは二番艦に任せても、『サウスダコタ』を沈めるのは時間の問題でしかない。

それならば、今のうちに『ノースカロライナ』へと目標を変更して砲撃するのがベターであると考えたのである。

敵ながら、思いきりのよさと的確な判断には、敬服せざるをえない。

悔しいが、鮮やかだ。

無論、かといって自分たちまで、やすやすと沈められるつもりはない。

どんな手段を使ってでも、なんとしてでも、生きのびてやる。ハワイへ帰還してみせる。と、ヴァルケンバーグは開きなおった。

『ノースカロライナ』は機関を全力運転させながら、後部の三番主砲塔で応戦している。

はじめは前部の一、二番主砲塔の射界を確保すべく、斜めに後退する針路をとっていたが、一番主砲塔を潰され、二番主砲塔も三門中一門が損傷して発砲不能になったこともふまえて、全力退避に移行した。

つまり、敵に背中を見せて、とにかく一目散に遁走をはかるのだ。

どのみち、『ヤマト』と一対一で撃ちあって沈めようなどと考えるのは、もはや無謀でしかない。

さらに、敵の照準を狂わせるために、対潜警戒さながらの、ジグザグ行動まで始めた。

こうなっては、自分の砲撃などあたるはずがないが、元よりそれは牽制の意味にすぎない。

しかし、だからといって、敵弾もすべて外れていくと考えるのは早計だった。

再び被弾の衝撃に艦が揺らぎ、炎の赤い光が艦上からほとばしる。

(なんて奴だ)

ヴァルケンバーグは舌を巻いた。

この状況で、さらに命中弾を与えてくるなど、尋常ではない。偶然と考えたいが、そう考えられないだけの、迫力と威圧感が『ヤマト』にはある。

驚くべき砲撃の腕前だ。

「右舷中央に直撃弾!　一番煙突倒壊」

報告はそれだけだった。

砲戦初期であれば、周辺の両用砲や機銃もまとめて破壊されたはずだ。

それらはすでにこれまでの被弾で、鉄屑に変わっていたということだ。

爆風は、荒廃地と化した艦上から、多量の残骸を海上に投げすてたことだろう。

さらに、次の被弾はヴァルケンバーグの肝を冷やすには十分なものだった。

後部から鈍い金属音が響き、水中爆発のものらしき衝撃が不気味に足元から伝わった。

(まずい！)

フローレスが歪んだ表情でヴァルケンバーグを一瞥し、ヴァルケンバーグは引きつった表情で声を張りあげた。

「被害報告！」

白濁した海水が艦尾をこすり、長く伸びていた白い航跡を乱す。

艦尾は水上艦にとってのアキレス腱とも言える急所である。舵や推進軸、スクリュー・プロペラ、どれが欠けても行動の自由を失う重要部位が集中している。

それでいて、機能発揮のために、防御したくてもできない、無防備な状態で晒されているのである。

そこに敵弾がたった一発突入しただけでも、致命傷となりかねない。

「右舷艦尾に直撃弾……」

問題はその先だ。

「カタパルト損傷」

最後尾の航空兵装が破損した。

それはいい。あとは……。

「火災発生も鎮火の見込み」

「……それだけか」

ヴァルケンバーグはまばたきを繰りかえした。

たしかに、艦は全速航行を続けている。

ジェネラルエレクトリック式オールギヤード蒸気タービン四基が一二万一〇〇〇馬力の最大出力で四軸のスクリュー・プロペラを回転させ、南洋の水塊を蹴りだしながら、艦は力強く前進している。

「どうやら、貫通弾だったようですな」

「そのようだな」

フローレスとヴァルケンバーグは深い息を吐いた。

艦尾の装甲の薄い箇所への被弾が、逆に幸いした。

左舷上空から斜めにぶちあたった敵弾は、艦上のカタパルトを撃砕して艦内に食い込んだものの、勢いあまって右舷に突きぬけていったのである。

逆にバイタルパートの舷側装甲の厚い部分であれば、敵弾は艦内にとどまったまま炸裂して、その爆発エネルギーはすべて『ノースカロライナ』の破壊に作用したに違いない。

しかしながら、今回は艦外に飛びだして敵弾は炸裂したため、大部分のエネルギーは海中に放出されて消えた。

『ノースカロライナ』が被った損害は僅少で済んだというわけだ。

（いける！）

そう感じた瞬間だった。

自分が神に見放されていれば、今の被弾で自分も艦も粉微塵に爆砕されて、この世から消えさっていたことだろう。

しかし、こうして自分はまだ生きている。両足で立っている。

自分と艦は少なくとも、今は神に守られている。きっと帰れる。そう、ヴァルケンバーグは確信した。

それから、何回敵弾が飛来しただろうか。気が付いたとき、敵の砲声は消え、『ノースカロライナ』は変わらず太平洋を北上していた。

「諦めて……くれたか」

敵の指揮官もあまりに突出するのは危険だと判断したのだろう。深追いした挙句に、落とし穴にはまるというのは、よくある話だ。

窮鼠猫を噛むという諺もある。

戦争であれば、孤立したところを包囲されたり、側面や背後を衝かれて痛烈な反撃を食らったり、というリスクになる。

「どうやら、助かったようだな」

「はい。なんとか」

ヴァルケンバーグは冷や汗を拭い、フローレスは苦笑と安堵が混じった笑みを見せた。

とにもかくにも、『ノースカロライナ』は窮地を脱したのである。それは喜ばしいことには違いない。

蒼白としていた者たちの表情にも、血色が戻ってくる。

張りつめていた艦内の空気も、ようやく和らいだ気がした。

「しかし、すこぶるやられたな」

ヴァルケンバーグは「危なかった」とばかりに、苦い顔を見せた。

全壊した主砲塔に倒壊した後檣や煙突、なぎ払われた両用砲や機銃群……。艦上には鋭利な断面を覗かせる破孔がいくつも穿たれ、上甲板はとても歩ける状態ではないだろう。

まだ夜間で暗いから、よく見えないが、明るくなれば惨状があらわとなり、唖然とすることになるはずだ。

艦内も爆風にかきまわされたり、炎に焼かれたりと、荒れ放題だ。

損害判定は「大破」で間違いない。

この状況で、司令塔と機関が無事なのは奇跡的としか思えなかった。

そこで、ヴァルケンバーグは激痛を覚えた。

正確には、傷はとっくに負っていたものだった。ガラス片をいくつも浴びてできた切り傷だった。

限界に近い緊張感が、怪我と痛みを忘れさせていたのである。

それが落ちついて、感覚が戻った。

出血多量で血圧が下がってくる。意識が薄れ、遠のいていく。

「パールハーバーに戻って、出直（しを）」

「艦長！　衛生兵、衛生（兵はいないか）」

ヴァルケンバーグは途切れていく意識のなかで、救護班を呼ぶスミスの声を聞いたような気がした。

# 第五章　豪州脱落

一九四三年一月二一日　呉

戦艦『大和』は損傷修理と改装のため、いったん瀬戸内海の呉工廠へと戻った。

サモア沖海戦と命名された西部ポリネシアでの海戦で、アメリカ太平洋艦隊を叩きのめしての凱旋だった。

軍令部への報告と今後の戦略方針の打ちあわせのため、司令長官嶋田繁太郎大将以下の連合艦隊司令部は、先に艦を降りて東京へ向かっている。


工廠では、晴れて大佐に昇進した牧野《まきの》茂《しげる》と江崎《えさき》岩吉《いわきち》中佐ら、『大和』の建造に携わった者たちが、笑顔で出迎えていた。

設計主任として、不眠不休で『大和』の建造に、それこそ命を捧げてきたといっても過言ではない牧野も、一筋縄ではいかない権力争いと人事、人間関係の問題に巻き込まれ、軍令部に戻されながらも復職して本来の職務をまっとうした江崎も、感無量だった。

これも勝ったからこそだ。負けた後では、誰しも表情が暗くなる。雰囲気も重く、ぴりぴりと刺すような空気に包まれる。

艦そのものが沈んで戻ってこられなくなることも十分ありうるし、負け戦となれば戦死傷者も膨れあがることになる。

ここに顔を見せた者も、ごっそりとあの世に送り込まれ、二度と会えなくなってもおかしくはない。

「帰途、航海の無事、なによりでした」

「またお世話になります」

敬礼する牧野に、『大和』艦長高柳儀八大佐は、うやうやしく答礼した。

「大事な艦を傷つけてしまって、申し訳ない」

「対米戦の最前線で戦ったのです。こんなもので済んだのが凄いことです」

「『大和』は戦うために造った艦です。出し惜しみされるよりは、存分に使ってもらったほうが、艦も喜ぶでしょう」

牧野に、江崎が続いた。本音だった。

『大和』の建造に関わった者として、『大和』が出撃したと聞けば、その状況に一喜一憂せざるをえないが、やはり華々しい戦果を挙げたと聞けば、嬉しいし、誇らしい気持ちになる。

無事戻ってきてくれたと、まっさきに子供を思う母親の気持ちのように安堵したこともたしかだ。

しかし、だからといって、宝の持ち腐れになって、内地にいたまま朽ちることなど許されない。

それは、牧野も江崎も軍人であって、承知の上だ。

高柳は謙遜したが、第二次ソロモン海戦に続いてサモア沖海戦でも、『大和』は期待どおりの戦果を挙げてみせた。

砲煙弾雨のなか、戦場を激しく動きまわり、たっぷりと戦塵を浴びた艦体は汚れていたが、それも勲章と言っていい。

艦体を大きく抉られていたり、主砲塔を潰されていたり、という大きく目立つ損害箇所がないのが、勝った証でもある。

これで、敵の新鋭戦艦二隻を撃沈破してきたと聞けば、文句のつけようもないというものだった。

「今回の戦の経過などは……」

「おおよそ耳にしております。まあ、ソロモンのときは、それはそれは詳しく拝聴いたしましたが」

「前砲術長が」

「そういうことでしたか」

ひと言付けたした江崎に、砲術長永橋為茂中佐は吹きだした。

第二次ソロモン海戦で、『大和』は敵新型戦艦一隻を撃沈して、意気揚々と引きあげた。

前砲術長黛治夫大佐が、得意げに武勇伝を振りまく様子が、目に浮かぶようだった。

「今回は損傷修理に加えて、対空兵装の増強も……」

「はい。戦訓も聞いておりましたし、『大和』の機銃装備は元々未完成でしたので」

牧野が永橋に答えた。

「猪口大佐から、四〇ミリ機関砲の増産が海軍省に繰りかえし陳情されていたことから、ようやく数が揃ってきましたので、『大和』を完全装備とできます。『武蔵』も。順次ほかの戦艦や重巡にも展開していく予定です」

猪口というのは、現重巡『熊野』艦長であって、永橋から見て砲術学校教官としての先輩にもあたる猪口敏平大佐のことである。

猪口は戦艦『扶桑』砲術長当時に、近接信管と大口径機関砲の組みあわせによる対空砲火の「革新的進化」を証明してみせ、日本海軍の標準火器を二〇ミリ機銃から四〇ミリ機関砲へと換装させるきっかけをつくった。

日本海軍の対空砲火は、これによって二段階も三段階も強力になったと評されている。

「図面も見せましょう。砲術長には事前に把握してもらっていたほうが、都合がいい」

「よろしいですね？」という江崎の視線に、牧野はうなずいた。

完成させて終わりではない。

牧野や江崎は戦訓をよく分析し、『大和』をさらに改良すべく、日夜腐心していたのだった。

一九四三年一月二二日　シドニー沖

戦艦『日向』は第二戦隊の僚艦『伊勢』とともに、オーストラリア南東部の主要都市シドニーの沖合をゆっくりと移動していた。

「主砲、仰角上げ。ただし、間違っても撃つなよ」

戦艦『日向』艦長松田千秋大佐は砲術長に命じつつ、微笑した。

撃つ必要はないし、そもそも砲弾を装填していないので、撃てないこともわかっていた。

そうした「特殊な」任務だった。

「しかしだ。なぜか、こういう任務にはあたるものだな。まあ、それだけ艦が健在なのはよいことだが」

サモア沖海戦は、高速の新鋭戦艦どうしの撃ちあいで雌雄を決したため、『日向』ら低速戦艦の出番は限られていた。

彼我ともに旧式で低速の戦艦どうしの砲戦も短時間生起したが、それも日本側は『長門』『陸奥』が前面に立って、『日向』が敵と激しく撃ちあうという場面は最後までなかったのである。

そこで、無傷だった『日向』に、早速次の任務が割りあてられたのである。

もっとも、戦場から無事帰還したことを「幸運」と呼ばれることを、松田は今なお嫌っている。

サモア沖海戦はそうした側面もたしかにあったものの、基本的には最小限の被害で戦火をくぐり抜けたのは、乗組員の力量の高さゆえのことであると。

むしろ、『日向』は常に最前線にあって内地に戻る機会がないので、改装のドック入りができず、装備の刷新が進まない。乗組員も自宅に帰ることができない。

それは「不幸」だった。

陸地からの距離は近かった。

あえて見えるようにするのが、この任務の本質だったからだ。

内陸へ向けて、「撃つぞ、撃つぞ」と大きな砲を向ける。

しかも、白昼堂々とだ。

軍事的な圧迫のみならず一般国民にも、この姿を拝ませる、示威行動にほかならなかった。

『日向』は戦艦としては旧式だが、連装六基一二門もの大きな砲を向けられれば、民間人の目には大変な脅威と映るはずだ。

下手をすれば、オーストラリア国内で民衆が恐慌状態に陥るかもしれない。

それが、狙いだった。

念のため、前後で一個駆逐隊が警戒にあたっているが、撃退しようと向かってくる船は一隻もない。

岩場の陰から突進してくる魚雷艇もいなければ、海中から忍びよってくる潜水艦もいない。

さらに、頭上から襲ってくる敵機も、影も形もなかった。

日本軍に中部太平洋からソロモン、フィジー、サモアと押さえられて、アメリカとの連絡線が断たれた今、米軍の支援はもう望めない。

もちろん、自国の軍に日本軍を撃退する力などない。

それを如実に表す光景だった。

日本艦隊はケアンズやダーウィンといった北側だけでなく、日本から見ればもっとも遠い南東の中心都市シドニーの沖合にまで現れた。

これが、決定打だった。

オーストラリアの政府と国民が受けた衝撃は大きかった。

日本軍はいつでもどこでも、この国を攻撃できる。

この国には、もはや安全な場所など存在しない。

オーストラリア国民は、抵抗は無意味と思いしらされ、オーストラリア政府は限界を超えたところまで追いつめられてしまったと、覚悟を決めた。

講和など、敵を利するだけで、軍事的にも経済的にも自国のためにはならないという、米英の警告も説得力に乏しく、この翌日、オーストラリアは日本に対して、ついに単独講和を申しでたのだった。

松田は陽光を浴びて輝く主砲身を見おろした。

傷ひとつ付けることなく、艦と乗組員を帰すことができる。喜ばしいことだ。

松田は『日向』艦長として開戦を迎え、幾多の戦いをくぐり抜けてここまで来た。

僚艦が次々沈められ、つらく苦しいことも数限りなかったが、『日向』は一定の戦果を挙げて、立派に生きぬいた。

「ああすれば良かった。こうすれば良かった」と、考えだせばきりがない。まったく悔いがないかと言えば、嘘になる。

だが、恥ずべきことなど、なにひとつないと、松田は胸を張った。

「これが『日向』艦長として、最後の任務になるのだろうな。皆、達者でな」

松田はすでに異動の内示を受けており、『日向』を降りることが決定していた。

しかしながら、それで『日向』との縁が完全に切れるわけではない。立場は変わるが、またともに戦っていこうではないか。

次の職場は松田にとって、それ以上ない適材適所と言えるところだった。

運命、天命、天職、定め……。

あらかじめ、このレールは敷かれていたのだろう。

松田は導かれた。

そこは……。

一九四三年二月五日　呉

日本海軍大佐松田千秋は呉海軍工廠第四船渠で修理、改装中の戦艦『大和』を見あげていた。

戦場で見るのとは、また違った印象を受ける。

圧倒的な重量感や、ため息すら出る大きさからくる頼もしさは変わらないが、落ちついて見られるぶん、普段は目が行きとどかない細部にまで視線が入っていく。

砲塔の出入り口や艦橋脇に自衛用に設けられた機銃などは、いつもは気にもとめないものである。

重心点を下げるためと敵から狙いにくくために、一番主砲塔をできるだけ低い位置に置き、そこから艦尾方向に向かって昇る「大和坂」は間近で見ると、想像以上に傾斜がきついこともわかる。

基本構想という骨格を自分が提示した艦が、こうして関係各者の努力によって、見事に具現化したのを見るのは、何度繰りかえしても感慨深かった。もっとも、そうした感情も、今回を境に途切れるのかもしれないが……。

「早いな。几帳面とは聞いていたが」

面会予定の相手は、前方からゆっくりと現れた。恰幅の良い体つきに、悟りを開いたかのような落ちつきのある顔――高柳儀八少将である。

襟に付いた階級章は、金線二本に桜三つの大佐を示すものから、金ベタに桜一つの少将を示すものへと代わっていた。

「まだ時間前でしたので、ちょっと眺めておりました。定刻に伺おうかと」

「せっかくのことだったのに済まんな。艦がこういう状態で」

高柳は工事中の『大和』をぐるりと見まわした。どうせならば、蒼海に悠然と浮かんだ状態で迎えたかった。そんな様子だった。

「いいえ。いきなり明日出撃しろと言われるならば、かえって好都合です」

「それは、もっともだ」

高柳は呵々大笑した。

「貴官ならば大丈夫だと思っていたが、気負いがなくて大変よろしい」

『大和』がいかに特別な艦といえども、水上艦の艦長というのは大佐までと相場が決まっている。

少将ともなれば、戦隊の司令官や艦隊司令部の参謀長、中央の部長クラスといったところが、適切なポストとなる。

その慣例に漏れずに、高柳は少将昇進に伴って、『大和』艦長から重巡『利根《とね》』『筑摩《ちくま》』から成る第八戦隊の司令官に転出となったのだった。

代わって、『大和』の二代目艦長には、松田が『日向』艦長から転任してきたのである。

松田が今日ここに来たのは、いわゆる引きつぎのためであった。

「ここではうるさかろう。艦内も場所によっては会話もままならん。鎮守府に部屋を借りておいたから、そちらに行こうか」

「はっ」

『大和』の改装工事は、急ピッチで進められていた。

高柳が言うように、リベットを打ち込むハンマーの音や溶接の火花が散る音などが、絶え間なく両耳に飛び込んでくる。

たしかに、落ちついて話をするには不適当だ。

だが、耳障りでうるさいとは、松田は思わなかった。

これも『大和』の息吹であって、活気があるのだと。

激励と礼賛を期待していたわけではなかったが、高柳の口を衝いて出たのは、意外にも戦略的な注意と懸念を示すものだった。

「大船に乗った気でいろという言葉そのもの、と言いたいところだがな。油断は禁物だ」

「…………」

「本艦はたしかに凄い。非の打ちどころのない艦と言ってもいい。

だがな、戦争は一隻で勝負をつけられるものではない。敵を侮らないほうがいい。政治のことはわからんが、自分にはＦＳ作戦は、我が軍には誇大すぎたような気がしてならんのだ」

高柳は難しい表情で、視線を上向けた。

「まあ、軍人である以上、覚悟はできているがな」

「覚悟？」

「もしもだ。進退窮まったら、潔く散る覚悟はできているさ。往生際の悪いのはみっともない」

高柳は勝利におごらず、常に最悪のケースについても考えていた。それを松田は冷静に受けとめた。勝った勝ったと騒ぎたてて視野狭窄に陥ることは、厳に戒めねばならない。

我を忘れて墓穴を掘ることにもなりかねない。さすがに高柳ほどの人物ともなれば、そんな心配は無用のようだった。

「縁起でもないことを。少将ほどの人材を失っては、我が軍にとって大きな損失になるでしょうに」

「かいかぶりだよ。自分はなにもしておらん。挙げた戦果は『大和』が挙げたものであって、自分はそこにたまたま乗っていたにすぎん。


まあ、こんなことを言っていては敗北主義者などと罵られるだろうがな。ただ、うかれすぎて無敵、最強などと自信過剰に妄信しないことだ」

高柳の言うとおりだった。

以降、高柳は第八戦隊を率いて、『大和』らをよく援護することになるのだった。

すべてが順調に進んでいるかに見えたが、ＦＳ作戦の実行とフィジー、サモアの維持は日本の国力を超えるものだった。オーストラリアを屈服させるという一大戦果は挙げたものの、ＦＳ作戦は日本にとっては、過大で無謀な計画だった。

原油をはじめとする戦略物資の本土備蓄は急減し、南方資源地帯からの原料輸送と精製体制が不十分であることが露呈しはじめていた。

一方、ドイツはイギリス本土上陸作戦を棚上げしたまま、突如として東部国境線を超えて、ソ連領内へなだれ込んだ。

　東部戦線の開戦は対英圧力の低下を意味し、イギリスがインド洋から太平洋方面への反抗作戦に着手できる環境をつくったのだった。

　新たなイギリス艦隊が、母港スカパフローに集結していた。

　インド洋はまだ、がら空きに近かった。

　ドイツの快進撃とオーストラリアの降伏という目に見える戦果に、日本国内はおおいに沸いていたが、その裏ではいくつもの綻びが生じ、戦線破綻の亀裂が徐々に広がりつつあったのだった。

VICTORY NOVELS ヴィクトリー ノベルス

# 二大巨艦出撃

## ヤマトに賭けた男たち(2)

2023年2月25日　初版発行

著　者　　遙　士伸
発行人　　杉原葉子
発行所　　株式会社 電波社
〒154-0002　東京都世田谷区下馬6-15-4
TEL. 03-3418-4620
FAX. 03-3421-7170
http://www.rc-tech.co.jp/
振替　　00130-8-76758

印刷・製本　中央精版印刷株式会社



ISBN978-4-86490-227-4 C0293